KB110417

BOOKS

天月
無敵
천월무적

천월무적 ⑧(완결)

초판 1쇄 인쇄일 2014년 3월 20일
초판 1쇄 발행일 2014년 3월 27일

지은이 | 청울
펴낸이 | 김기선
펴낸곳 | 와이엠북스(YMBOOKS)

출판등록 | 2012년 7월 17일 (제382-2012-000021호)
주소 | 경기도 의정부시 의정부동 490-4 삼승프라자 10층 102호
전화 | 031)873-7768 / 팩스 | 031)873-7764
E-mail | ymbooks@nate.com

ISBN 979-11-5619-109-4 04810
ISBN 978-89-98074-80-7 04810 (SET)

값 8,000원

天月無敵

청울 신무협 장편 소설

ORIENTAL FANTASY STORY

8

[완결]

천월무적

목차

제1장
깊은 새벽녘

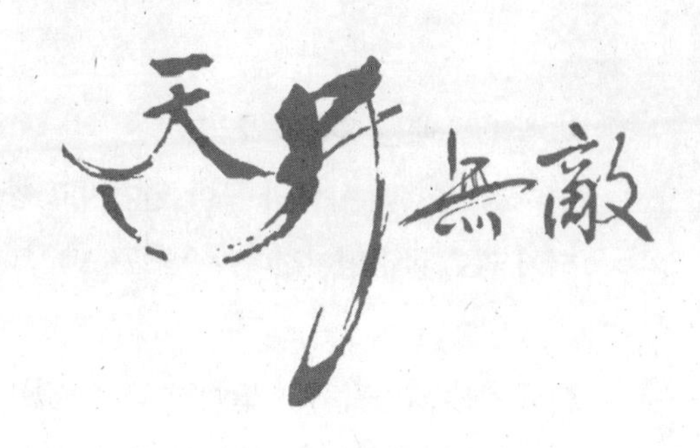

차가운 새벽 공기 속에 비참한 비명 소리가 울려 퍼졌다.

"흐윽!"

"끄아아!"

그와 동시에 핏줄기가 솟구쳐 오르며, 온 사방에 핏물이 튀었다.

특히 잔해 더미에 오르려던 대해문의 무인들은 속절없이 무너지며 잔해 더미 속으로 처박혔다.

서걱!

살점을 베는 섬뜩한 소리.

어김없이 한 사람의 목이 떨어지고 몸이 산처럼 솟은 잔해더미 위로 굴러떨어졌다.

쿵!

급기야 땅바닥까지 떨어진 그 목 없는 시신은 원광의 품에 몸을 기대고 있는 담무백의 앞까지 미끄러지며 잘린 목 부분을 훤히 드러냈다. 그에 원광은 그곳을 들여다보며 인상을 굳혔다.

'단순한 살수가 아니군.'

머리가 잘려 나간 단면으로 보아, 예사롭지 않은 실력을 갖춘 듯했다. 그래서 한편으로는 대해문의 무인들이 손쉽게 나가떨어지는 것도 이해가 됐다.

'일개 제자들의 상대가 아니다.'

한 번도 모습을 드러내지 않고 대해문의 무인들을 도륙하는 그들.

현재 강호 최정상에 있는 혈루와 수라각의 살수들이라 해도 이 정도는 되지 않을 것이다. 문득 이 살수들의 정체가 궁금해졌다. 하지만 그는 차마 이자들이 전설 속의 살수 집단이라는 사령신문의 살수들임을 짐작조차 하지 못했다. 그들이 누군가의 밑에서 일을 한다는 것은 상상조차 불가능한 일이었으니 말이다.

"원광……."

그때, 담무백이 힘겹게 입을 열며 원광의 옷깃을 잡았다. 그에 놀란 원광이 두 눈을 크게 뜨고 담무백을 내려다봤다.

"소, 소문주. 괜찮으십니까?"

"어서 본문의 제자들을 물려."

"그, 그게 무슨 말씀이십니까? 물리라니요?"

담무백이 느릿느릿 고개를 저었다. 그럴 때마다 피가 뚝뚝 흘러내렸다. 하지만 그는 그런 것 따위 개의치 않는다는 듯이 말을 내뱉었다.

"제자들을 물리라니까……."

그 말을 들은 원광의 눈빛이 크게 흔들렸다. 반평생 담무백과 함께해 오면서, 작전상 후퇴가 아닌 물러나라는 명령은 오늘 처음 들었기 때문이다. 지금 자신의 눈앞에서 피투성이가 된 모습보다 그 명령이 더 충격적이었다.

원광은 잠시 어금니를 꽉 깨물다가 크게 소리쳤다.

"물러나 있어라!"

쩌렁쩌렁 울리는 목소리.

내공이 실린 듯 대해문 전체로 퍼져 나갔다.

그와 동시에 잔해 더미를 둘러싼 대해문의 무인들이 주춤거리는가 싶더니, 이내 뒤로 한 발자국씩 물러나며 공간을 텄다.

그러자 잔해 더미 중간에서 사령신문의 세 살수들이 유령처럼 은밀히 솟아나며, 삼각형을 이루듯 잔해 더미 꼭대기에 있는 백리운을 중심으로 두고 세 방향에 섰다.

그들이 모습을 나타내자 곳곳에서 노골적으로 살기를 드러냈다. 그러자 온 사방에서 파도가 넘실대는 것처럼 살기가 요동쳤다.

다른 곳도 아닌 대해문의 무인들이다. 그들이 뿜어내는 살기가 그리 만만할 리 없었다. 한데도 사령신문의 살수들은 덤덤히 서서 그 모든 살기를 받아 냈다. 묵천마교의 무공을 익힌 덕분이다.

하지만 그걸 모르는 원광은 그 광경을 보며 크게 놀랄 수밖에 없었다.

'어찌 저리 아무렇지도 않게 서 있을 수 있단 말인가?'

그때였다.

"끄으으……."

낮은 신음과 함께 담무백이 원광의 몸을 꾹 누르며 상반신을 일으켰다.

"소, 소문주!"

"나를 일으켜 세워라."

그 말에 원광이 조심스럽게 그의 몸을 부축해서 일으켜 세워 주었다. 그러자 담무백이 그의 손을 밀어내고는 잔해 더미를 향해 한 걸음 내밀었다.

털썩.

그의 무릎이 꺾이며 땅바닥에 주저앉았다.

"소문주!"

원광이 다가오려고 하자 담무백이 괜찮다며 손을 세우더니, 혼자서 몸을 일으켰다. 뒤이어 그는 한 걸음씩 나아가다가, 두 손을 잔해 더미에 대고 네 발 달린 동물처럼 그곳을 기어오르기 시작했다.

"……."

모두가 숨을 죽이고 입을 꾹 닫은 채 그 광경을 지켜봤다. 그 중에서 몇몇 이는 주먹을 꾹 쥐기도 했고, 또 몇몇 이는 이를 꽉 깨문 채 고개를 돌리기도 했다. 심지어 사령신문의 살수들도조차 자신들을 지나 위로 올라가는 담무백을 막지 않았다. 하지만 백리운만은 잔해 더미 위에서 그를 끝까지 쳐다봤다. 자신의 발 밑까지 올라와 무릎을 꿇고 고개를 숙일 때까지 말이다.

그가 뭐라고 중얼거렸다. 하지만 꾸역꾸역 흘러나오는 피에 막혀 목소리가 제대로 나오지 않았다.

"크게 말해라."

백리운이 나직이 읊조리자 그가 똑같은 말을 내뱉었다.

"패… 정……."

중간중간 글자 하나씩만 들렸다. 그걸 자신도 알았는지 담무백은 또 같은 말을 했다.

"패배를 인정하오."

귀를 간질일 만큼 작은 목소리였다. 하지만 그곳에서 그 목소리를 듣지 못한 사람은 없었다.

툭.

담무백의 머리가 조아리듯이 잔해 더미에 닿았다. 마치 백리운의 발아래 깔린 것 같은 치욕스러운 모습이었다.

"서쪽 땅의 대표인 본 담무백이 패배를 인정하고 이리 머리를 조아리는바, 동쪽 땅의 대표인 백리운에게 자비를 청하오. 부디, 여기서 멈춰 주시기를……."

대해문 무인들의 눈빛이 크게 흔들렸다.

"……!"

지금 그들은 뒤통수를 얻어맞은 것처럼 큰 충격에 휩싸였다.

하나둘씩 검끝이 땅바닥으로 축 처졌다.

그들은 담무백의 모습을 보고 기세마저 죽였다. 자신들의 대표인 담무백이 저리 나오니 의지가 꺾인 것이다.

그런데 그 순간 저 안쪽에서 인영 하나가 쏜살처럼 튀어나와, 단번에 여러 지붕을 뛰어넘어 그 앞에까지 도달했다.

쿵!

발자국을 깊숙이 남기며 그 중년 남성이 얼굴을 드러냈다.

날카로운 기색에 어울리지 않는 온화한 눈빛, 그리고 흰색과 청색이 섞인 비단 장포를 입고 허리에는 금테가 둘러진 하얀 검집을 차고 있었다. 그 검집에서 튀어나온 손잡이 또한 색이 옅었다.

대해문의 장문인이자 담무백의 형인 담우록이었다.

그는 잔해 더미 위를 올려다보고는 눈을 꾹 감았다.

"결국 이리되었구나."

온몸이 피로 뒤덮인 채 무릎을 꿇고 있는 모습만 봐도 상황을 알 수 있었다.

이런 상황에서 뭘 할 수 있을까?

담우록은 조용히 검을 집어 넣었다.

스르릉.

검집을 스치는 소리가 아주 낮게 울렸고 동시에 담우록의 기세가 움츠러들었다. 그러고선 조용히 눈을 감았다.

순식간에 그 일대가 정적에 휩싸였다. 그에 대해문의 무인들은 그의 눈치를 보며 머뭇거리고 있었다.

그러던 어느 순간 담우록의 눈이 번쩍 뜨였다. 그리고 그 눈에서 어마어마한 살기가 쏟아져 나왔다.

"서쪽 땅의 대표가 무릎을 꿇었다는 사실이 새어 나가면 안된다."

그 말에 잔잔하게 가라앉았던 대해문 무인들의 기세가 기름이라도 들이부은 것처럼 활활 타올랐다. 그리고 그때, 담우록이 한마디 덧붙였다.

"이 일은 백리운과 함께 여기서 묻어라."

그 말이 끝나기 무섭게 앞줄에 있던 대해문의 무인들이 땅을 박차고 뛰어올랐고, 뒤에 있던 무인들이 앞으로 해일처럼 몰려나와 땅바닥을 뒤덮고 잔해 더미를 밟고 올라갔다.

그들의 몸에서 뿜어지는 기세가 천지사방을 떨어 울렸다.

우드드득!

땅에 금이 갔고 잔해 더미가 푹푹 파여 나갔다. 그리고 무시무시한 기세가 온 사방을 몰아쳤다. 그로 인해 대기가 파동처럼 출렁거리며 백리운의 전신을 덮쳤지만, 정작 그의 표정은 흔들림이 없었다. 심지어 머리카락 한 올조차 움직이지 않았다.

오히려 그의 앞에 무릎을 꿇고 있는 담무백의 얼굴에 어둠이 드리워 있었다.

"안… 돼……."

그의 입술을 비집고 나오는 신음 소리.

어느새 그의 눈빛에선 절망의 빛이 새어 나오고 있었다.

그리고 백리운의 손에선 샛노란 달의 강기가 쭉 일어나고 있었다.

번- 쩍!

번개가 치듯 순식간에 떠오른 천월강기가 연거푸 쏟아져 나왔다.

콰콰콰쾅!

땅바닥을 헤집고 대기를 찢어발기는 샛노란 물결.

그 물결은 온 사방을 휩쓸며 잔해 더미를 갈가리 찢어 놓았다.

그리고 그 속에선 어떠한 비명 소리도 들리지 않았다.

그저 사람이 낼 수 없는 기이한 소리만 울려 댈 뿐이었다.

후우우.

폭풍처럼 한바탕 불어닥친 공세가 가라앉고 땅바닥에 발을 디디고 있는 백리운의 모습이 나타났다. 그리고 그가 조금 전까지 밟고 서 있던 잔해 더미는 온데간데없이 사라지고 그의 주위로 눈처럼 미세한 알갱이들이 떨어지고 있었다.

후두두두둑.

조용히 땅바닥에 떨어지며 순식간에 그 일대를 새빨갛게 뒤덮은 알갱이들.

그것은 종잇장처럼 갈가리 찢겨져 나간 살점과 뼛조각들이었다. 그리고 그 속에서 핏물도 이슬비처럼 내려 땅바닥을 더욱 붉게 적셨다.

스스슥!

돌연 허공에서 그 살점들을 맞으며 솟아난 신형들이 있었다. 잠시 물러나 있던 사령신문의 살수들이었다.

그들은 모습을 드러내자마자 세 방향에서 백리운을 둘러싸듯 등지고 섰다. 그들의 앞으로 아직도 수백 명에 달하는 대해문의 무인들이 있었지만, 그들은 조금도 위축된 모습을 보이지 않았다.

그에 반해 대해문의 무인들은 숨소리까지 죽일 만큼 경직된 자세로 백리운을 멍하니 바라보고 있었다. 그가 펼친 천월강기의 위력 때문이었다.

무려 수십 명에 달하는 대해문의 무인들이 한순간에 사라졌다.

머릿속이 새하얗게 질려서 아무런 생각도 할 수 없을 만큼 무시무시한 장면이었다.

그것은 담우록이라고 예외가 아니었다.

그는 눈에 한가득 힘을 주고선 눈 꼬리를 파르르 떨고 있었다.

'어찌 저런 힘이…….'

고수일수록 더 많이 아는 법.

그는 대해문의 장문인답게 다른 무인들보다 더 많이 보았다. 그리고 더 많이 느꼈다.

인간의 몸으로는 감당할 수 없는 그 초월적인 힘을 말이다.

부르르.

담우록은 자신도 모르게 몸을 떨다가, 돌연 뒤로 한 발자국 물러섰다. 어느새 백리운이 자신을 향해 손을 뻗고 있었기 때문이다.

"으……."

그의 뒤에서 비참한 신음 소리가 새어나왔다. 그와 같은 방향에 있던 대해문 무인의 것이었다. 그리고 담우록 역시 별다를 것 없었다. 그도 얼굴이 새파랗게 질려서 아무것도 하지 못하고 그 손끝만 바라봤다.

씨익.

백리운의 입꼬리가 올라가는 것이 선명하게 보였다.

그때였다.

백리운의 고개가 옆으로 휙 돌아갔다.

그의 시선이 향한 곳은 백우회 중심에 솟아 있는, 거무튀튀한 탑이다.

그는 잠시 그 탑을 바라보다가 미간을 팍 찌푸리더니 손을 내렸다.

그 모습에 담우록은 반쯤 안도하면서도 백리운을 계속 쳐다봤다. 한순간이라도 눈을 돌리면 자신을 향해 샛노란 달이 달려들 것 같았다.

그런데 그 순간, 백리운이 고개를 돌린 방향에서 요란한 소리가 터져 나왔다.

콰앙!

대해문 전체를 뒤흔들 만큼 엄청난 굉음이었다.

그런데 그 굉음이 들리자마자 백리운의 모습이 감쪽같이 사라졌다. 그리고 동시에 사령신문의 살수들도 그곳에서 자취를 감췄다.

"뭐, 뭐지?"

담우록이 얼떨떨한 표정으로 고개를 돌리다가 멈칫했다. 저 멀리에서 올곧게 뻗어 있는 탑이 새카만 연기로 뒤덮인 광경을 봤기 때문이다.

저 탑은 백우회의 상징과도 같은 것.

백우회의 시작을 알리면서 백우회와 역사를 함께하던 곳이다.

그런데 그런 곳의 밑바닥에서 불이라도 난 것처럼 연기가 끊임없이 피어오르고 있었다.

* * *

어두컴컴한 탑의 지하.

지금 그곳은 새카맣게 타들어 가는 연기로 가득 차 있었다.

"일비!"

담대천의 목소리가 지하 전체를 쩌렁쩌렁 울렸다. 하지만 그의 모습 또한 연기로 뒤덮여 제대로 보이지 않았다.

"내가 아무런 대비도 없이 이 밑바닥에 숨어 있던 줄 아시오?"

그 연기가 가장 자욱한 곳에서 일비의 목소리가 튀어나왔다.

스윽.

모락모락 피어나는 연기의 중심에서 일비가 앞으로 걸어 나왔다. 하지만 그의 모습을 보고도 담대천과 백우십성단의 단주들은 쉽게 덤벼들지 못했다. 그가 뒤에 있는 연기 속으로 손을 넣은 상태였기 때문이다.

"여기 있는 나머지 화탄까지 터지면 최소 이 지하의 반은 날아갈 터. 그럼 저 핏빛 연못을 못 쓰는 것은 물론이고 탑도 넘어갈 것이오."

"그 정도의 화탄이라면 네놈도 무사하지 못할 것이다."

"이대로 있어도 회주 손에 죽는 것은 똑같소."

담대천의 인상이 팍 일그러졌다.

'화탄을 숨겨 놓았다니.'

반대로 일비는 덤덤한 미소를 그리며 슬쩍 말했다.

"다들 이리로 와라."

그 말에 백우십성단의 단주들과 대치하고 있던 삼비와 사비가 일비 쪽으로 물러났다. 그리고 그들과 같이 공세를 퍼붓던 담가은조차 일비 쪽으로 붙었다.

"가은아!"

담대천이 놀란 눈을 하고 그녀를 불렀지만, 그녀는 매정하게도 고개를 돌렸다.

"먼저 이들을 보내 주시오."

"네놈은 남아 있겠다는 것이냐?"

"나 혼자라면, 설사 회주가 쫓아온다고 하더라도 충분히 도망칠 수 있기 때문이오."

"그리 자신이 있더냐?"

담대천이 은근슬쩍 기운을 뿌리자 그가 쥐고 있던 설검에서 새파란 한기가 사방으로 퍼져나갔다.

투명한 살얼음이 지하 곳곳에 끼며 금세 공기가 차가워졌다.

하지만 일비는 그 한기를 마주하고도 눈 한 번 깜빡이지 않았다.

"비키시오."

일비가 뒤로 뻗은 손을 앞으로 내밀며 새카만 화탄 하나를 들이밀었다.

저 하나가 터지면 일비의 뒤에 가득 쌓여 있는 화탄 더미도 터질 터.

그럼 이 지하가 날아가는 것은 막을 수 없다. 게다가 저렇게 한데 모여 있는 화탄 더미와의 거리도 가까워 중상을 입는 것도 막을 수 없다.

담대천이 인상을 굳힌 채 고개를 끄덕였다. 그러자 백우십성단의 단주들이 뒤로 슬금슬금 빠지며 길을 터주었다.

"가라."

일비가 나직이 읊조린 말에 삼비와 사비가 지체 없이 몸을 날렸다.

"소저도 가시오."

"……."

그녀가 꾸물거리자 일비가 한마디 덧붙였다.

"어차피 회주는 소저를 더 이상 손녀라고 생각하지 않을 것이오. 손녀라고 생각했다면 처음부터 소저를 실험 대상으로 삼지 않았을 것이오."

그 말에 결심을 한 듯 담가은이 주먹을 꾹 쥐고선 걸음을 옮겼다.

"가은아, 그길로 떠나면 다시는 이 할아비를 보지 못한다."

"그럼 저에게 이런 짓을 하고도 저를 볼 생각이셨나요?"

그녀는 멈칫 서더니 그 말을 내뱉고는 다시 걸음을 옮겼다.

저벅저벅.

그녀의 발소리가 점점 희미해지다가 이내 뚝 그쳤다. 아마도 탑을 빠져나간 것이리라.

“이제 어쩔 생각이지?”

“나도 빠져나가야지 않겠소?”

“저 위에는 백우십성단의 무인들이 가득 몰려 있다.”

“잔챙이들이 모여 봤자 잔챙이들뿐이오.”

“네놈은 예전에 그 잔챙이들에게 몰려 죽을 뻔했지. 그런데도 그리 말을 하는 게냐? 더군다나 지금은 삼비와 사비밖에 없다. 내가 보기엔 저 둘은 이곳에서 멀리 벗어나지 못하고 다시 잡힐 것 같은데.”

“삼비와 사비 말고도 담 소저도 있소이다.”

담대천이 눈썹을 바짝 세웠다.

“참으로 얄팍한 수를 썼구나. 설마하니 가은이를 데리고 장난을 칠 줄은 몰랐다.”

“나 역시 마찬가지요. 자신의 손녀를 이용해서 그런 실험을 할 줄은 몰랐소이다. 차라리 내게 솔직히 말하지 그랬소? 혹시 아오? 내가 이곳으로 안내해 줬을지.”

“네놈을 잡아두고 묻기에는 네놈이 너무 커졌지. 그래서 놔뒀던 것이다. 그런데 네놈은 백리극을 죽이더니, 끝내 흑우방에 마령흑우불상까지 가져다주지 않았더냐? 그것이 백우회의 질서를 지킨다는 네놈들이 할 일은 아니었지."

일비가 쓰게 웃었다.

"지금으로선 그 문제보다 회주가 백우회의 질서를 어지럽힌다고 느껴지오."

"애초에 백우회의 질서를 어지럽히는 것은 네놈들이었다. 네놈들은 이 거대한 조직을 네놈들의 뜻으로만 움직이지 않았느냐? 그 질서의 기준도 결국엔 네놈들이 내세우는 것이었지. 생각해 봐라. 죽을 고비를 넘기면서 힘겹게 회주가 됐더니, 정작 백우회는 다른 놈들이 지배하고 있었다."

"아무리 회주라도 이 거대한 곳을 혼자서 이끌어갈 순 없소. 그래서 우리가 있는 것이오. 회주의 뜻에 반하는 행동을 하는 게 아니라, 회주가 백우회를 잘 운영할 수 있도록 숨어서 도와주는 것이오."

담대천이 어이가 없다는 듯이 웃었다.

"끌끌끌. 네놈들이 그런 건 잘하지. 도와준다는 명분 아래 숨어서 사람들을 조종하는 일 말이다. 그동안 네놈들이 백우회를 어지럽히는 걸 보면 어처구니가 없더군. 하는 짓이 예나 지금이나 똑같아. 네놈들은 끝까지 나서지 않고 조력자를 자처하면서 절대 드러내지 않더군."

"그것이 우리가 백우회를 이끌어 온 방식이오."

"그것밖에 할 줄 모르는 거지. 그래서 백리극이나 백리운처럼 네놈들이 조종할 수 없는 사람들이 나오면 질서를 지킨다는 핑계로 죽이는 것이지. 사실은 네놈들의 뜻대로 움직이지 않기 때문에 처리하는 것뿐이지만."

"백리극은 존재만으로도 백우회에 큰 영향을 끼쳤소. 그래서 죽일 수밖에 없었소. 그리고 백리극으로 인해 바뀐 것들까지 모두 없애야 했소."

"아니지. 백리극이 바꿔 놓은 게 아니다. 네놈이 바꿔 놓은 것이지. 네놈이 백리극을 되살린 것 아니냐? 그래서 일어나지 말아야 할 일이 벌어진 거고, 일어나야 할 일이 벌어지지 않은 것이다. 그런데 거기서 네놈의 잘못은 쏙 빼놓고 백리극에게만 책임을 전가시켰지. 그러면 되나? 사이좋게 네놈도 가고, 백리극도 갔어야지."

일비가 피식 웃었다.

"그래서 백리극을 내세워서 나를 처리하려고 했소? 그리고 이제는 백리운을 이용해서 나를 치려고 했고? 그런데 그 둘 모두 회주의 말을 듣지 않았구려."

"백리 놈들이 원래 그렇지. 자기들이 세상의 주인인 것인 양 날뛰지. 실상은 망둥이인 것도 모르고 말이야."

그 말에 일비가 눈썹을 지그시 감아 올렸다.

"그거 아시오? 백리운은 그동안 힘을 숨기고 있었소. 지금 사사천구의 어떤 대표들보다도 강하오."

"알고 있다. 그래서 백리운을 내세워 네놈을 잡으려고 했던 것이다. 그런데 내 제의를 거절하고 이렇게 가은이까지 네놈에게 넘겨줄 줄은 몰랐군."

"아까도 말했지만, 백리운이 넘겨준 게 아니라 내가 데리고 온 것이오."

담대천이 피식 웃었다.

"어느 쪽이든 상관없다. 백리운이 내 제의를 거절한 순간부터 그놈은 이제 나의 적이다."

"회주는 정말로 백리운을 잡을 수 있다고 생각하시오?"

"나 혼자라도 충분히 잡을 수 있다."

일비가 안타깝다는 듯이 고개를 저었다.

"이런… 회주는 정말 아무것도 모르는구려."

"그게 무슨 소리지?"

"하하하! 나중에 회주 표정이 어떨지 참으로 궁금하구려."

담대천이 잠시 그를 노려보다가 다시 입을 열었다.

"네놈은 뭘 알고 있는 것이냐?"

"백리운에 대해 말이오? 미안하지만, 난 알고 있는 것이 없소."

"따지고 보면 백리운도 네놈이 벌인 일 때문에 그리 쫓겨난 것이지. 그러고 보니 참 많은 일이 일어났군. 네놈이 백리극만 죽이지 않았더라면 백리운은 여전히 여기서 궁상맞게 살고 있었을 텐데."

일비가 그 말을 듣고 씁쓸히 웃었다.

"결국 우려하던 일이 벌어졌소. 아주 작은 영향도 크게 번질 거라 생각했던 우려 말이오."

"또한 네놈이 자초한 것이기도 하지."

이번에도 일비는 덤덤히 미소를 지으며 손에 쥐고 있는 화탄을 앞으로 들어 올렸다.

"이건, 회주가 자초한 일이오."

일비는 그 화탄을 땅바닥을 향해 세게 내려쳤다.

콰앙!

땅바닥을 뒤흔드는 폭음과 함께 엄청난 불꽃이 폭발했다.

"안 돼!"

한데 그 순간, 담대천이 불꽃 속으로 몸을 날렸다. 그러곤 화탄이 터트린 충격을 온몸으로 받으며, 설검을 휘둘렀다.

싸아아아!

설검이 토해낸 싸늘한 기운이 순식간에 불꽃을 잠재우고 벽 한편에 몰려 있는 화탄 더미를 뒤덮었다.

쩌어어억.

화탄 더미에 새하얀 서리가 끼며 단단하게 얼어붙었다.

그리 성공적으로 화탄을 얼렸지만 담대천의 표정은 좋지 않았다.

"허허! 이놈이 나를 가지고 놀았군."

화탄 더미 앞에 있던 일비의 모습이 보이지 않았다. 게다가 이 꽁꽁 얼어 있는 화탄들도 가까이서 보니 진품인 것 같지는 않았다.

"반만 진짜고 나머지 반은 가짜였군. 나는 그 가짜에 속아 넘어간 것이고. 그래서 이걸 등지고 있었던 게야."

씁쓸히 웃는 담대천을 향해 청성단의 단주, 무야패가 다가와 물었다.

"위에 있는 단원들이 먼저 그들을 보고 쫓고 있을 겁니다."

"그렇겠군. 다른 놈들이 먼저 나가는 바람에 일비는 혼자서 잘 빠져나갔겠군."

"제가 쫓겠습니다."

"그놈보다는 삼비와 사비를 쫓아라. 아마 단원들이 그 둘을 보고 먼저 쫓아갔을 것이다."

"일비는 이대로 놔둘 생각입니까?"

담대천이 씩 웃었다.

"저 연못이 이곳에 있는 이상 일비는 다른 비들을 만들어 낼 수 없다. 혼자서 할 수 있는 게 없지. 이제 그놈에게 남은 것은 조용한 죽음뿐이다."

무야패가 살짝 눈치를 보다가 물었다.

"하면, 담 소저는 어쩌실 생각입니까?"

"남들 눈에 띄지 않게 조용히 잡아 오너라. 만약 누군가에게 발설하려 한다면 죽여도 좋다."

"……!"

무야패가 흠칫 놀라자 담대천이 말했다.

"입막음을 하라는 것이다."

"알겠습니다."

무야패가 굳은 표정으로 고개를 숙인 뒤에 다른 단주들과 함께 지하를 빠져나갔다. 지하 동굴은 순식간에 고요해졌다. 담대천은 물끄러미 핏빛 연못을 내려다봤다.

"이것이었군. 이게 없어서 그놈들의 몸처럼 변할 수 없었던 게야."

그러다 무릎을 구부리고 앉아 핏빛 연못에 손을 담그고 한동안 말없이 이리저리 휘저었다.

* * *

단숨에 탑 부근까지 날아든 백리운은 근처의 한 나무 꼭대기에 올라서서, 세 갈래로 나뉘어 흩어지는 백우십성단의 무인들을 보았다. 그리고 그들을 따라 시선을 앞으로 옮기니, 그들에게 쫓기고 있는 삼비와 사비, 그리고 담가은까지 한눈에 들어왔다.

그래도 담대천의 손녀라고 담가은을 쫓는 사람들은 많지 않았다. 대부분의 무인들이 삼비와 사비에게로 집중되어 있었다.

"저 정도면 혼자서 도망칠 수 있겠군."

백리운의 시선은 자연스럽게 삼비와 사비에게로 향했다.

삼비는 본 적이 없지만 사비처럼 쫓기는 것으로 보아 비들 중의 하나로 짐작할 수 있었고, 사비는 제갈세가에서 일면한 적이 있었다.

잠시 그 둘을 번갈아 보던 백리운이 그 자리에서 쓱 사라졌다.

* * *

아직은 캄캄한 새벽녘.

새벽의 어둠을 헤치며 사비의 신형이 앞으로 쭉 나아갔다. 하지만 얼마 가지 않아 그의 뒤에서 살벌한 검기 다발이 허공을 뚫고 등을 노렸다.

"흥!"

그에 재빨리 몸을 튼 사비가 두 손을 힘차게 휘둘렀다.

타다다다당!

한데 뭉쳐 있던 검기 다발이 사방으로 튕겨져 나갔다.

그런데 그때, 사비의 손이 뱀처럼 구불구불해지더니, 흩어지는 검기 다발 사이를 뚫고 안으로 쭉 들어가는 것이 아닌가? 그러고선 한 검의 몸통을 맨손으로 덥석 잡아채는 것과 동시에 자신 쪽으로 단박에 끌어당겼다.

"어엇?"

그 검을 꽉 쥐고 있던 주인의 몸도 앞으로 같이 딸려 왔지만, 사비가 내지른 주먹에 얼굴을 맞고 뒤로 벌러덩 넘어갔다. 그러면서 검은 놓쳐 사비의 손에 들어가게 되었다. 그런데 사비는 뺏은 검을 사용할 생각은 없는지, 돌연 가슴 앞으로 내던지고선 발로 손잡이 끝을 툭 쳤다.

그러자 그 검이 눈부신 속도로 뻗어가며 검의 주인의 몸통을 꿰뚫었다.

퍼퍼퍽!

뒤이어 다른 두 명까지 꿰뚫고 나서야 그 검은 멈춰 섰다.

채앵!

날카로운 음향이 터지며 사비의 양손에 한 뼘 크기의 새파란 단검이 한 자루씩 쥐어졌다. 그와 동시에 새파란 섬광이 번뜩이며 백우십성단 무인의 목줄기를 꿰뚫었다.

푹!

뒷목을 뚫고 나온 검 끝에서 피가 한 움큼 튀었다.

어찌 반응할 틈도 없이 눈 깜짝할 새에 벌어진 일이다.

퍽!

사비는 발로 그 무인을 밀어내며 자신의 단검을 빼내고는 옆에 있는 다른 놈을 노리고 단검을 휘둘렀다.

어김없이 새파란 검광(劍光)이 허공에 남아 긴 호선을 그렸다.

서걱!

그 호선 끝에 핏줄기가 좌우로 벌어지며 목이 깨끗하게 잘렸다.

보고만 있어도 소름 끼칠 만큼 깔끔한 움직임이었다.

그에 백우십성단의 무인들이 잠시 멈칫하며 사비를 노려봤다.

하지만 사비는 이때다 싶어 재빨리 반대편으로 몸을 날렸다.

땅바닥을 박차고 제비처럼 날아오르는 그의 신형이 단숨에 어둠 속으로 들어갔다.

그가 펼친 검술만큼이나 날쌘 경공술에 백우십성단의 무인들은 눈앞에서 놓치고 말았다.

뒤늦게 깨달은 자들이 크게 소리치며 사비를 따라 몸을 날렸다.

"잡아라!"

그때였다.

"커억!"

어둠 속에서 숨넘어가는 소리와 함께 사비의 몸이 다시 이쪽으로 튕겨져 나왔다.

"뭐, 뭐지?"

백우십성단의 무인들은 자신들의 발 앞에서 목을 부여잡고 나뒹구는 사비를 보고선 주춤거렸다. 그리고 그들의 시선은 뭐에 홀리기라도 한 것처럼 자연스럽게 전방 어둠 속을 향했다.

"백우십성단이 움직인 걸 보면 회주가 비들의 거처를 알아낸 모양이군."

안개처럼 천천히 퍼져나가는 냉랭한 음성.

그 음성과 함께 어둠 속에서 백리운이 뚜벅뚜벅 걸어 나왔다.

그는 백우십성단의 무인들을 한차례 쭉 둘러보더니, 땅바닥에서 나뒹구는 사비의 가슴팍을 발로 꾹 밟았다.

"끄으……."

사비는 금세 얼굴이 새빨개져서 온몸을 부르르 떨었다. 하지만 백리운은 그에게 눈길 한 번 주지 않고 다시 백우십성단의 무인들을 둘러봤다.

"단주들은 어디 가고 네놈들만 나와 있는 거지?"

"……."

"그러고 보니 회주와 일비도 보이지 않던데, 아직 탑에 남아 있는 건가?"

"……."

백우십성단의 무인들은 입을 꾹 닫고 어느새 백리운을 둘러쌌다.

마치 벽이 주변을 에워싼 것 같은 압박감이 느껴졌다.

그런데 백리운은 그 압박감을 온몸으로 받아내면서도 표정 한 번 변하지 않았다.

"단주들도 없이 네놈들끼리 뭘 하려고?"

그 말에 한 사람이 발끈해서 소리쳤다.

"물러서시오, 백리 공자. 이것은 백리 공자가 끼어들 일이 아니오."

"물러서고 싶지는 않은데. 이놈에게 물을 것도 있고 말이야."

"사비와 대화를 허락할 수 없소. 저자와 한마디라도 섞는 순간 우리는 백리 공자까지 죽여야 한다는 걸 유념하시오."

하지만 백리운은 그 말을 들은 척도 안 하고 사비를 내려다봤다.

"저 탑에서 무슨 일이 있었던 것이냐?"

"으윽……."

사비가 말을 않고 신음 소리만 내자 백리운이 발에서 살짝 힘을 걷어 냈다. 그러자 기다렸다는 듯이 거친 숨을 토해 낸 사비는 힘겹게 말을 시작했다.

"흐흐… 소, 소가주에게 잡힌 이상, 내가 살아날 구색은 없겠습니다."

"네놈의 운은 제갈세가에서 다했다. 그러니 대답해라. 저 탑에서 무슨 일이 있었던 것이냐?"

"궁금하십니까?"

"네놈이 대답하지 않으면 다른 비도 있다."

"흐흐. 삼비도 보았구려."

"그놈이 삼비였나? 어쨌든 그놈도 내 시야 안에 있다."

그런데도 사비는 계속해서 비릿한 조소를 흘렸다.

"흐흐! 지금 이곳에 백우십성단의 무인들 중에서 반이나 와 있습니다."

"저들이라면 나를 막을 수 있을 거라 생각하나?"

"그럴 리 있겠습니까? 설사 백우십성단 전체가 모여도 소가주에겐 상대가 안 된다고 생각합니다. 다만, 그때 제갈세가에서 처럼 나에게 또 다른 기회가 올지도 모른다, 이거입니다."

백리운이 피식 웃었다.

"도망칠 기회 말이냐?"

"그런 셈이지요. 제가 탑에서 있었던 일을 떠드는 순간, 저들은 소가주를 향해 달려들 겁니다. 그럼 그것은 저에게 또 다른 기회가 되겠지요."

그 말에 백리운이 사비의 가슴을 밟고 있던 발에 더욱 힘을 주었다.

으드득!

가슴뼈가 함몰되는 소리가 잔혹하게 울려 퍼졌다.

"끄아아아!"

사비가 입이 찢어져라 비명을 질렀다. 어느새 그의 얼굴은 힘줄이 터질 것처럼 부풀어 올랐다.

"어디 빠져나가 보아라."

"으아아악!"

사비의 눈동자가 흰 자위로 뒤집어지고 입에선 게거품이 차올랐다. 그렇게 정신을 잃기 직전에야 백리운이 발에서 힘을 뺐다.

"크허허허!"

사비가 숨을 크게 토해 냈다. 그의 얼굴은 이미 창백하게 질리다 못해 식은땀으로 뒤덮여 있었다.

"다시 묻지. 저 탑에서 무슨 일이 있었던 거지?"

"흐흐흐. 말해 주겠습니다. 회주가 어떻게 알았는지 1층 바닥을 뚫고 지하로 들어왔습니다."

그가 입을 뗀 순간, 주변에 있던 백우십성단의 무인들 기세가 확연하게 달라졌다.

"입 닥쳐라, 이놈!"

그러곤 순식간에 대여섯 명이 몸을 날리더니, 사비의 목을 노리고 땅바닥을 향해 검을 쭉 찔러 넣었다.

한데 갑자기 백리운의 눈초리가 날카롭게 서더니, 그가 손을 뻗어 허공을 공격했다.

쾅!

무인들은 자신들의 몸을 치는 강력한 충격을 느끼고 옆으로 걸레짝처럼 튕겨져 나갔다. 그 후 땅바닥에 처박힌 채 다시는 움직이지 않았다. 그 일격에 숨을 거둔 것이다.

하나, 백리운은 그들을 보지도 않았다.

"계속 말해라. 회주가 지하로 들어와서, 그 다음은 뭘 어쨌지?"

"뭘 어쨌겠습니까? 당연히 우리를 죽이려고 했습니다."

"그 사이에 담가은도 끼어 있었나?"

사비가 다시 대답하려고 하자, 이번에는 그곳에 있는 모든 무인이 백리운을 향해 몸을 날렸다. 아니, 날리려는 순간이었다.

상상을 초월하는 거대한 압력이 그들의 온몸을 짓눌렀다.

쿵!

머리를 치고 온몸에 깃드는 어마어마한 힘.

수백 명에 달하는 인원이 그 힘을 못 이기고 무릎이 털썩 꺾였다. 그리고 거미줄에 걸리기라도 한 것 처럼 꼼짝도 못했다.

"으……."

머리가 부서지고 온몸이 박살 날 것 같은 기분이 들었다.

그만큼 전신을 누르는 힘은 대단했다.

그들이 그 압력을 이기지 못하고 하나둘씩 정신이 아득해져 갈 때, 정작 그 힘을 쫙 퍼트린 백리운은 안색 하나 변하지 않고 사비를 빤히 내려다보고 있었다.

"그때는 네놈보다 더 중요한 게 있어서 그냥 보내줬을 뿐이다. 네가 내 손을 피해 도망간 것이 아니었지. 하지만 지금은 네놈이 제일 중요하다. 그리고 지금 이곳에 멀쩡히 서 있는 사람은 나 하나뿐이다."

사비가 다 포기했다는 듯이 대자로 팔다리를 벌렸다.

"별일 없었습니다. 회주는 우리를 죽이려고 했고, 일비는 미리 매복해 둔 화탄으로 회주를 묶어 두었습니다. 그리고 우리는 도망쳤고, 일비는 그곳에 남아 있었습니다. 아마도 지금쯤이면 도망쳤겠지요, 일비도."

"그럼 이비는? 이비가 보이지 않던데, 일비와 같이 그곳에 남은 것이냐?"

"흐흐. 그년은 우리를 배반하고 튀었습니다."

"무슨 소리를 하는 거지? 종무도의 말로는 이비가 너희들 쪽에 붙었다는데?"

"그랬지요. 잠깐 동안은."

백리운이 눈썹을 꿈틀거렸다.

"잠깐 동안이라니?"

"회주가 어떻게 탑의 지하에 우리가 있다는 걸 알았겠습니까?"

"그렇군. 종무도를 배신하고, 너희까지 배신했으니, 이비가 찾아갈 곳이라고는 회주밖에 없었겠군."

백리운은 놀란 기색을 감추지 못하고 말을 이어 나갔다.

"그럼 이비는 어디 있지?"

"죽었습니다."

백리운의 눈동자가 흔들렸다.

"죽어?"

"그래도 회주가 탑의 정상까지 데려다 주었다고 했습니다."

"그럼 그 탑의 정상에도 백리극을 되살릴 수 있는 것 따위 없었다는 얘기군."

"애초에 죽은 사람을 되살릴 수 있는 것이 존재한다고 보십니까?"

"글쎄. 난 그만큼 신기한 것을 본 적이 있어서, 조금은 믿어 보게 됐지."

사비가 피식 웃으며 온몸에 힘을 뺐다.

"물어볼 거 다 물어봤으면 이제 죽이시면 됩니다."

"그 전에 하나 더."

"또 뭐가 남았습니까?"

"이비도 죽었고, 육비도 죽었다. 그리고 삼비는 지금 도망치고 있고, 일비는 지하에 있다. 그럼 나머지 오비는 아직까지 흑우방에 계속 있는 건가?"

"참으로 철두철미하시구려. 우리들의 씨를 말리려고 작정했나 봅니다. 그런데 오비는 걱정 안 해도 될 겁니다. 일비의 말에 따르면, 오비에게 아무런 소식도 들리지 않는다고 합니다."

"소식도 없다니? 더 자세히 말해 봐라."

"그동안 오비와 일비는 주기적으로 서찰을 보내왔습니다. 그런데 서찰이 올 시기가 두 번이나 지나도록 아무런 소식도 없었습니다."

"무슨 일이 생긴 거군. 이상하단 말이야. 지금 흑우방에 남아있는 사람들 중에 오비를 이길 만한 실력자가 있나?"

"일비는 염백이 돌아온 경우도 생각하고 있었습니다."

백리운의 눈썹이 파르르 떨렸다.

"염백이 돌아왔다고?"

"지금으로선 그것 말고는 오비가 서찰을 보내지 않는 이유를 모르겠습니다."

순간, 백리운의 머릿속에서 마령흑우불상의 기운이 떠올랐다.

자신의 천월을 유일하게 상대할 수 있는 힘.

만약 염백이 돌아왔다면 필시 그 힘을 완벽하게 자기 것으로 만든 후일 것이다.

"네놈 덕분에 삼비를 붙잡고 굳이 구차하게 물을 필요가 없어졌군."

그 말에 사비가 갑자기 실성이라도 한 것처럼 웃었다.

"호호호! 소가주, 지금 그대의 모습은 우리를 죽이고 백우회를 장악하려는 회주의 모습과 별다를 바 없습니다."

"걱정 마라. 나는 나만의 방식으로 백우회의 질서를 세울 테니."

"결국엔 소가주 마음대로 백우회를 주무르겠다는 말입니까?"

"본래, 그것이 백우회의 법칙 아니었나?"

"이 거대한 세상을 혼자서 이끌 수 있을 것 같습니까?"

"나에겐 사령신문이 있지. 네놈들이 하던 역할을 대신 수행할 것이다. 다만, 그 목적은 다르겠지만."

"사사천구는 절대적으로 분열되어 있습니다. 지금까지 서로 죽일 것처럼 싸우던 자들이 회주가 탄생한다고 그만 싸울 것 같습니까?"

"그것도 걱정 마라. 나는 다른 회주들처럼 무르게 행동하지 않을 것이다."

백리운이 조용히 손을 뻗어 그 끝을 겨누었다.

“이제 갈 시간이다.”

사비가 조용히 눈을 감았다. 그리고 백리운의 손끝에서 휘황찬란한 광채가 쏟아져 나왔다.

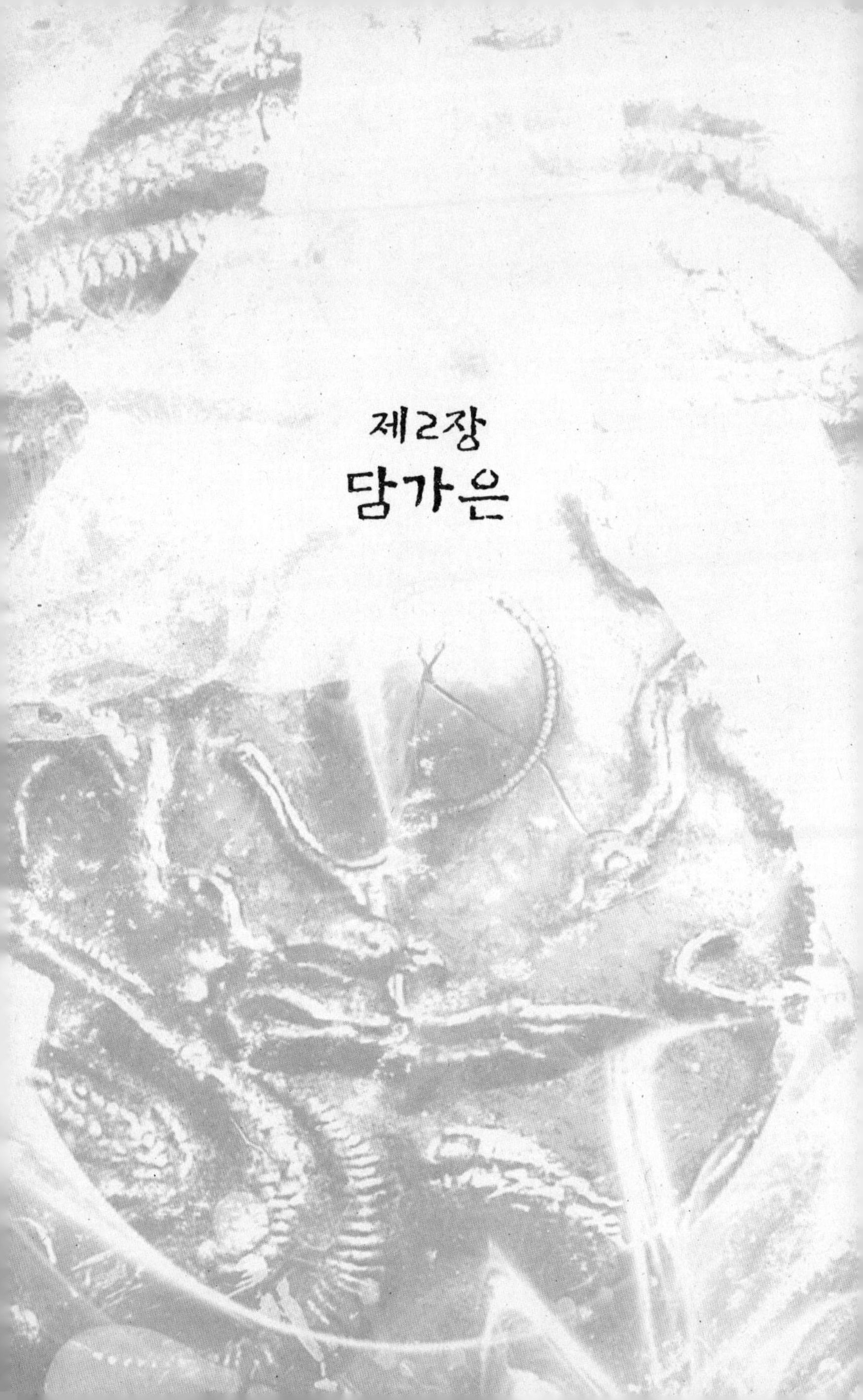

제2장
담가은

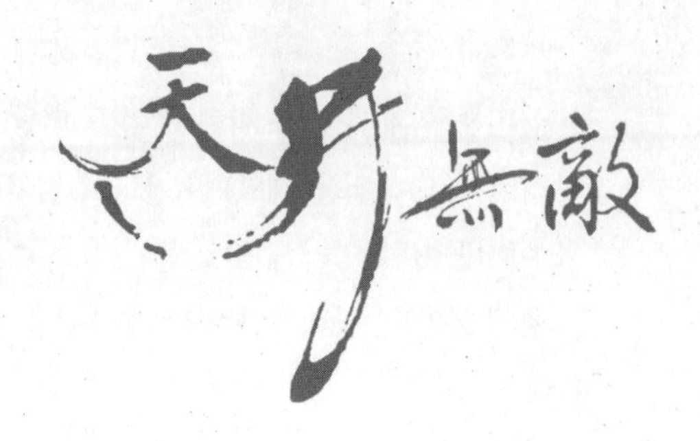

단주들은 없다고 해도 단원들의 수가 기백에 달한다. 아무리 삼비라지만 혼자서 그 많은 인원을 상대할 순 없는 법. 그는 도망치기에 바빴다.

"제길!"

그가 으득 어금니를 깨물었다. 이렇게 도망만 치는 것은 자신의 성미에 맞지 않았다.

쐐애애애!

갑작스레 등 뒤에서 울리는 날카로운 소리.

삼비는 힘차게 땅을 박차고 몸을 띄웠다. 그러자 그가 있던 자리로 예리한 검풍(劍風) 한 가닥이 떨어져 내렸다.

"이것들이!"

울컥 화가 난 삼비가 땅바닥에 나뒹구는 돌멩이 하나를 발로 찼다.

빠악!

쏜살처럼 날아간 돌멩이가 그 검풍을 날린 무인의 머리통을 깨부쉈다.

하지만 백우십성단의 무인들은 머뭇거리기는커녕 박살 난 머리통 조각을 맨몸으로 맞으며, 몸만 남은 그 무인을 밟고 뛰어올랐다.

"이놈들이 오늘 아주 작정을 하고 나왔군."

어느새 허공을 뒤덮고 자신에게 쇄도하는 그들을 보며, 삼비는 양손을 내지르고 또 내질렀다. 그러자 손 그림자가 한데 어우러져 꽃처럼 피어났다.

백리세가의 무공인 풍도백아수(風道白峨手)였다.

파파파팟!

만개한 꽃잎처럼 벌어진 손 그림자 뭉치에서 새하얀 손 하나가 섬전처럼 뻗어 나왔다.

아무런 기척도 없이 은밀히 날아드는 새하얀 손.

그것은 허공에 떠 있는 백우십성단의 무인들의 중심으로 파고들었다.

쾅!

한차례 기파가 강하게 울리며 허공에 떠 있던 십여 명의 백우십성단 무인들이 그대로 땅바닥에 곤두박질쳤다. 한데, 그들이 처박혔는데도 다른 무인들은 신경도 쓰지 않고 계속해서 달려들었다.

아무래도 이번에는 정말 작정을 한 듯하다. 예전에 자신을 죽이려고 했던 것처럼 말이다.

"빌어먹을 놈들."

그때 기억이 떠올랐는지 삼비의 표정이 좋지 않았다. 하지만 지금 이들을 상대로 맞붙었다간, 그때와 똑같이 붙잡힐 거란 건 자명한 사실이었다.

삼비는 잔뜩 얼굴을 일그러트린 채로 몸을 날렸다.

한데, 그 방향이 사사천구의 한 곳이자 인파가 넘치는 번화가였다.

이들을 완전히 떨쳐내기 어렵다고 생각한 삼비가 사람 많은 곳으로 숨어들 생각이었다. 그럼 이 일을 비밀리에 진행하려던 백우십성단의 추격도 조금은 누그러들 것 같아서였다.

괜히 사사천구의 구역에서 이목을 끌었다가 세간의 집중을 받으면 안 되는 법.

삼비가 몸을 날린 방향을 보고 백우십성단의 무인들이 초조하게 입술을 깨물었다.

하지만 어느덧 삼비는 번화가를 목전에 두고 크게 웃어젖혔다.

"크하하하! 이놈들, 어디 사사천구에서도 그리 날뛸 수 있나 보자."

삼비는 그 말과 동시에 궁신탄영의 수법으로 더 빠르게 튀어나갔다.

쑤우우- 퍽!

한데 눈부신 속도로 날아간 그의 몸이 갑자기 허공에서 뒤로 넘어가는 것이 아닌가?

"어……."

완전히 뒤로 넘어간 삼비는 땅바닥에 발라당 넘어져서 후끈거리는 자신의 얼굴을 매만졌다.

"끄악! 누구냐!"

그가 눈을 부라리며 몸을 일으키자, 그의 앞으로 한 사내가 나타났다.

묵야귀포로 온몸을 두르고 자신을 똑바로 바라보는 사내.

삼비는 그가 백리운임을 단번에 알아챘다.

"네놈이 어째서… 컥!"

말을 하던 삼비가 돌연 목 줄기를 움켜쥐고 몸을 웅크렸다. 백리운이 다짜고짜 그의 목젖을 가격한 것이다.

하지만 그 속도가 원체 빨라서 그 움직임을 제대로 본 자가 없었다.

그래서 백우십성단 무인들의 눈에는 삼비가 갑자기 목을 부여잡고 쓰러진 것처럼 보였다.

"백리 공자, 무슨 짓……."

개중에 한 명이 입을 열자, 백리운이 귀찮다는 듯이 그자에게 손을 저었다.

퍼퍼퍽!

순식간에 이마와 명치, 그리고 복부를 가격당한 무인은 그 자리에서 눈이 뒤집힌 채 뒤로 넘어갔다.

그 갑작스런 공격에 백우십성단 무인들의 살기는 자연스럽게 백리운에게로 옮겨 갔다.

하지만 그는 삼비를 내려다볼 뿐 백우십성단 무인들의 시선은 철저히 무시했다. 그에 다시 한 사람이 살기를 키우며 입을 열었다.

"백리 공……!"

퍼퍼퍽!

그자도 채 말을 잇지 못하고 눈에 흰자위만 남긴 채 넘어갔다.

이쯤 되자 더 이상 입을 여는 사람은 없었다.

스르릉.

무기의 울림이 은은하게 퍼졌다.

그것은 그 무기의 주인들이 상당한 고수라는 뜻이었다.

그런데 입을 연 것도 아니건만 그 소리가 거슬렸는지, 백리운의 손이 그 소리만 난 곳을 노리고 차례대로 뻗어 갔다.

파파파파팟!

수많은 손 그림자가 부채꼴로 퍼져 나가더니 밤공기 속으로 녹아들었다.

한데 그 순간, 가장 앞에 나와 있던 백우십성단 무인들이 뒤로 쏜살같이 날아갔다.

그로 인해 백리운의 주변은 순식간에 깨끗해지며 그 일대가 조용해졌다. 삼비가 공격할 때까지만 해도 기세등등하던 자들이 지금은 머뭇거리고 있었다.

그러나 그들이 그러든 말든 백리운은 삼비만 내려다보고 있었다.

"지금까지 이곳저곳 잘 휘젓고 다녔다. 이제는 그만 끝을 낼 시간이다."

그 말에 삼비가 힘줄이 가득 돋아난 얼굴을 바짝 치켜들었다.

"크흐! 결국엔 네놈도 우리를 죽이려는구나."

"그 시작은 네놈들로부터지. 네놈들이 먼저 백리극을 죽이고 나까지 죽이려고 하지 않았느냐?"

"그건 핑계지. 너를 죽이려는 사람은 여기에 널리고 널렸다. 그런데도 네놈은 우리들만 쫓았지 않느냐? 지금처럼 말이다. 네놈이 그 썩어 빠진 회주와 다를 게 뭐냐?"

"그렇다고 네놈들이 정당한 것도 아니지."

"정당하고 정당하지 않은 것은 누가 판단한단 말이냐?"

"네놈들이 할 말은 아니지. 네놈들은 그렇게 내세운 질서의 기준이 너희들의 입맛대로 만든 것 아닌가?"

삼비가 비릿한 실소를 내뱉었다.

"우리에게는 선대로부터 내려온 우리만의 질서가 있다."

"그러니까 그 질서라는 것이 너희 비들의 입장에서 바라보는 것이 아니냐? 앞으로 사사천구의 대표니 뭐니 내세울 건 다 내세우고 뒤에서 백우회를 조종하겠다는데, 가만히 있을 사람이 어디 있지?"

"우리들은 정당하단 말이다! 너나 회주처럼 개인의 욕심을 위해서 백우회를 이끌지 않았다."

"그거야 네놈들 생각이고."

백리운이 발을 들어 그의 어깨를 꾹 밟았다.

쾅!

삼비의 머리가 땅에 처박혔다. 그리고 잠시 후 온몸을 부르르 떨었다.

"나는 그 어디에도 끼어 있지 않았다. 그런데도 네놈들은 애꿎은 나를 죽이려 하지 않았느냐?"

"그때는 어쩔 수 없었다. 엉망이 되어 버린 백우회를 다시 돌려놓기 위한 마지막 방법이었다."

"나를 죽이는 것이 말이냐?"

"백아사천 중의 하나를 우리가 갖는 방법이다. 네놈을 노린

게 아니라 백리세가를 노린 것이다. 네놈은 어쩔 수 없는 희생자였다."

백리운이 그 말을 듣고 조롱 섞인 말을 내뱉었다.

"그것이 네놈들이 말하는 질서냐?"

"가끔은 대의를 위해서 소도 희생되어야 하는 법이다."

"머리가 박혔는데도 잘도 지껄이는군."

순식간에 백리운의 얼굴이 일그러지더니 삼비의 어깨를 짓이겨 밟았다. 그럴수록 삼비의 머리는 더 깊이 박혀 들어갔다.

"짜증 나는군. 애초에 정의란 없어. 이런 백우회가 생겨난 순간부터 백도의 협은 사라졌다. 언제 그런 게 있다고 높게 쳐주기나 했나? 오직 강한 자만이 회주가 되었지. 그런데 네놈들은 정당하다고 말하는 게냐? 수백 년 동안 숨어서 이렇게 만든 것은 너희들이다."

"어차피 우리를 이해해 주는 사람은 없었다. 네놈도 그놈들 중의 하나일 뿐이다."

"어느 쪽이든 난 상관없다. 내가 회주가 되는 이유는 딱 하나다. 백우회에서 가장 강하기 때문이지."

"힘만으로는 모든 걸 움직일 수 없다."

"네놈들이 질서를 관철시키면서 내세운 것도 힘이 아니더냐?"

삼비가 실소를 흘렸다.

"크흐흐. 우리가 힘만 내세웠다면 지금처럼 숨어 지내진 않았겠지."

"짜증나는군. 너나 사비나, 죽는 순간이 다가와도 절대로 뜻을 굽히지 않아."

그동안 자신의 무력 앞에 모든 이가 무너져 내렸다. 하지만 이들 비들은 자신의 뜻을 버리지 않았다. 그리고 다른 이들처럼 무너지지도 않았다.

그것이 백리운을 더욱 짜증나게 만들었다.

꾸욱.

더 깊게, 그리고 더 강하게 삼비의 어깨를 밟았다.

이제는 그의 신음 소리도 들리지 않는다.

백리운은 손을 들어 천월강기를 길게 뽑아냈다.

지이잉.

샛노란 초승달.

그 끝이 삼비의 머리로 향하며, 백리운이 삼비의 어깨에서 발을 뗐다.

그에 삼비가 힘겹게 고개를 들었다.

"이, 이건 뭐지?"

어느새 그의 눈앞에는 날카로운 달의 끝이 자신의 미간을 찔러 들어오고 있었다.

하지만 그는 끝까지 상황 파악을 못한 듯 멍한 표정만 짓고 있었다.

* * *

삼비, 사비와 달리, 담가은은 무의식적으로 동쪽 땅을 향해 도망치고 있었다.

그녀는 무의식적으로 자신의 집이 있는 대해문보다 백리세가가 더 안전하다고 느낀 것이다.

"어쩌지……."

그녀는 도망치는 와중에도 틈틈이 뒤돌아보았다. 눈에 보이는 사람의 수는 기껏해야 스무 명 정도였다. 그 많은 인원이 모두 삼비와 사비를 쫓아간 탓이리라.

문제는 저 스무 명이 아니라, 저 스무 명 뒤에 따라올 단주들이었다.

아니나 다를까?

스무 명의 인원을 넘어 새롭게 나타난 열 명의 무인들이 있었다.

백우십성단의 단주들이었다.

그중의 한 명인 무야패의 목소리가 새벽 공기를 갈랐다.

"담 소저!"

이 일대를 뒤흔들 만큼 웅혼한 음성.

그 음성을 듣자마자 담가은은 아랫입술을 깨물었다.

"멀다."

저 멀리 보이는 동쪽 땅이 너무나도 멀게 느껴졌다.

그 순간, 그녀는 걸음을 뚝 멈춰 섰다.

그제야 자신이 향하고 있는 곳이 동쪽 땅임을 깨달은 것이다.

"……."

우당각에서 머물던 기억이 순식간에 머릿속을 스치고 지나갔다.

그 기억 속의 자신은 웃고 있다.

그래서 몸이 자연스럽게 그곳으로 향했다.

하지만…….

"내가 가도 되는 걸까?"

그녀는 곰곰이 생각해 봤지만 딱히 답이 떠오르지 않았다. 어쩌면 옳은 답이 없을지도 모른다.

이상하다.

지금 같은 상황에서 한 사람이 떠오른다.

'백리운.'

지금이 돼서야 이해가 갔다. 그자가 왜 자신을 데리고 있었는지 말이다.

문제는 일이 이렇게 된 이상, 자신은 필요 없는 사람이 되었다는 것이다.

그런데도 그가 받아 줄까?

그 물음에 대답을 할 수 없어서 담가은은 발을 떼지 못했다.

투두두둑.

어느새 주변으로 백우십성단의 단주들이 나타나더니 그녀를 둘러쌌다.

청성단의 단주인 무야패가 먼저 앞으로 걸어 나왔다. 그는 언제라도 출수할 수 있게끔 한사코 창을 쥐고 있었다.

"담 소저, 회주님께 돌아가시오."

"싫어요."

"담 소저! 아직 늦지 않았소이다. 지금이라도 회주님께 가서 잘못을 빈다면……."

"저는 잘못한 게 없어요. 무야패 어르신도 아시잖아요."

"이렇게 큰 조직을 운영하다 보면, 때로는 어쩔 수 없이 벌어지는 일도 있소이다."

그 말에 담가은은 옅은 실소를 흘렸다.

"저를 이리 만든 이유는 백우회와는 별 상관이 없지요. 그리고 저를 이렇게 쫓는 단주분들도 저같이 비의 육신을 얻기 위해서지, 백우회를 위해서가 아니지요."

"그게 잘못된 것이오? 우리는 어째서 그런 육신을 가지면 안 되는 것이오?"

담가은의 눈동자가 흔들렸다.

"뭐… 라고요?"

"소저, 어떠한 변명도 하지 않겠소. 우리는 소저와 같이 그런 육신을 얻고 싶소."

"그럼 지금 여기서 저를 잡는 것보다, 그 연못에 들어가 있어야 하지 않겠어요?"

"우리는 소저를 보낼 수 없소. 이 사실이 새어 나가기라도 한다면, 백우회는 더 이상 통제되지 않을 것이오."

"통제라니요?"

"누군가 통제하지 않으면 이 거대한 조직은 필시 무너질 것이오. 어쩌면 지금까지 유지된 것만 해도 기적이라 할 수 있소."

"그럼 단주님들이 가지고 있는 그 권력도 무너지기 때문이겠죠."

"부정하지 않겠소. 누구나 권력을 원하오. 소저의 아버님인 대해문의 장문인도 그렇고, 소조의 조부이신 회주님도 그렇소. 이 모든 것이 결국엔 백우회의 권력을 갖기 위함이오. 그리고 이 사실을 알게 되고 일어서는 무리도 똑같소. 그들도 결국엔 자신들의 이익을 챙기고자 일어서는 것일 뿐이오. 소저는 그들에게 좋은 명분을 제공할 뿐… 절대로 옳은 것은 아니오."

그녀는 눈시울이 새빨개진 채로 눈웃음을 그렸다.

"만약 제가 단주님들을 따라가면 지금까지 그랬던 것처럼 저를 어디 가둬 두겠죠."

"소저를 비 놈들처럼 죽일 순 없잖소? 그것이 회주로선 최선의 방법일 것이오."

"그렇군요, 그게 최선의 방법이었네요."

그녀는 억지로 방긋 웃더니, 대뜸 자신의 목을 움켜쥐었다.

"무슨 짓이오?"

"어차피 저를 죽이라고 명령을 받은 게 아닌가요?"

"무조건 죽이라고는 하지 않으셨소."

"참 대단해요. 자신의 하나뿐인 손녀를 스스럼없이 죽이라고 명령을 내리다니."

그녀는 미련 없이 눈을 감았다.

또르르.

그녀의 눈 끝에서 한 줄기의 눈물이 흘러내렸다. 그와 동시에 그녀는 손에 힘을 주었다.

콰득!

그녀의 손은 꿈적하지 않았다.

그녀는 감은 눈을 천천히 뜨며 자신의 손목을 움켜쥔 다른 손을 보았다.

그리고 숨결이 느껴질 만큼 가까운 거리에서 자신의 손을 잡고 있는 백리운을 보았다.

그를 본 그녀의 눈꺼풀이 파르르 떨렸다.

"백리운……."

"무슨 짓이지?"

백리운은 그녀의 손을 끌어당기며 말을 이었다.

"이럴 줄 알았으면 사비에게 더 정확히 물었어야 했는데. 도대체 지하에서 무슨 일이 있었던 거지?"

"……."

그녀가 말없이 자신을 빤히 쳐다보자 백리운이 고개를 갸웃거렸다. 그녀가 풍기는 분위기가 완전히 달라졌다는 걸 느낀 것이다.

"뭐지?"

백리운도 그녀의 눈동자를 똑바로 들여다봤다.

검고 둥그런 것이 파르르 떨리고 있었다.

계속 그 눈동자를 보고 있자니, 문득 한 가지 의문이 들었다.

"안 뛰어드는군."

항상 자신을 볼 때마다 폴짝 뛰며 다가왔다. 그런데 지금은 차분히 자신을 바라볼 뿐이다.

"무슨 일이 있었던 거지?"

"많은 일이 있었어."

"그래, 그런 것 같군."

백리운은 차분하게 고개를 끄덕이다가, 돌연 고개를 돌려 백우십성단의 단주들을 쭉 훑어보았다.

"회주도 지독하군. 자신의 손녀를 잡으려고 모든 단주들을 보내다니 말이야."

"……."

단주들은 입을 닫았다. 자신들에게 떨어진 명령이 명확했기 때문이다.

스응.

단주들이 들고 있는 무기에서 살벌한 기세가 흐르기 시작했다.

"일이 이 지경까지 됐는데도 단주들은 회주를 따른단 말인가? 아니면 단주들도 회주와 한통속이라는 건가?"

"……."

몇몇 단주들의 얼굴이 붉어지는 걸 보고 백리운이 피식 웃었다.

"하긴, 그리 붙어 다녔는데 모를 리 없겠지."

"단주님들도 비의 육신을 원해."

담가은이 끼어들자 백리운이 이해가 된다는 듯 고개를 끄덕였다.

"그랬군. 그래서 이리 열성적으로 움직였던 건가? 비의 육신이 욕심나서?"

"어차피 물러가라고 해도 말을 듣지 않을 터. 더 이상 시간을 끌 수 없다."

철갑옷을 껴입은 광성단의 단주, 사문금이 투박한 쇠몽둥이를 바짝 세운 채 앞으로 걸어 나왔다. 그의 눈빛은 늘 그렇듯 단단해 보였다.

그리고 그가 나서자, 백리운의 뒤에서 흑성단의 단주인 유도엽도 거리를 좁혔고, 나머지 단주들도 가만히 보고 있지만은 않았다.

그들이 움직이자 공기가 순식간에 무거워졌다.

후웅!

먼저 들어온 것은 묵직한 바람을 휘날리며 허공을 가르는 무야패의 창이었다.

턱.

하나, 그 창은 백리운의 앞에 딱 멈춰 섰다.

"……!"

무야패는 자신의 창끝을 맨손으로 잡은 백리운을 보고 눈을 크게 떴다.

'어느 정도 예상은 했지만, 이렇게까지 무력의 차이가 났던가?'

무야패는 그 손을 떨쳐내려 창에 힘을 실었지만, 창은 꿈쩍도 안 하고 백리운의 손에 잡혀 있었다.

그때였다.

쉬익!

창을 꾹 쥐고 있는 백리운의 손등을 노리고 허공에서 검이 뚝 떨어졌다.

채앵!

백리운의 손이 쓱 빠지고, 그가 쥐고 있었던 창에 검이 내리꽂혔다. 그리고 그 자리에 검을 쥐고 있는 유도엽의 모습이 드러났다.

"단원들은 힘 한 번 못 쓰고 나가떨어지더니, 그래도 단주들은 다른 것 같군."

비아냥거리는 백리운의 뒤로 쇠몽둥이가 강력한 힘을 뿌리며 다가왔다.

그런데 그 쇠몽둥이를 향해 손을 뻗은 사람은 백리운이 아닌 담가은이었다.

까앙!

주먹으로 쇠몽둥이를 후려친 담가은이 곧장 사문금의 품으로 파고들며, 그의 복부를 수차례 가격했다.

퍼퍼퍼퍼퍽!

한데 물러선 사람은 오히려 담가은이었다. 그녀는 손을 매만지며 인상을 찌푸렸다.

'갑옷 때문에 손이 얼얼하네.'

그가 입고 있는 갑옷이 생각보다 두꺼운 탓에 손뼈까지 아렸다. 반면 사문금은 별다른 충격을 입지 않은 듯 성큼 발을 뻗으며 빠르게 다가왔다.

그런데 그 순간, 담가은의 어깨를 잡아채고 바깥으로 밀어내는 손이 있었다.

"비켜."

그 말과 함께 앞으로 한 발자국 내디딘 백리운이 주먹을 곧게 내질렀다.

빠르긴 하나, 아무런 기운도 맺혀 있지 않은 맨손이었다.

하지만…….

콰앙!

천둥소리처럼 엄청난 굉음이 울리곤 사문금의 몸이 그 자리에서 멈춰 섰다. 그가 휘두른 쇠몽둥이도 백리운의 머리 앞에서 멈췄다. 조금만 늦었더라면 백리운의 머리는 그대로 박살 났으리라.

쩌어억!

그 단단한 철갑옷에 균열이 가기 시작하더니, 이내 갑옷 전체를 뒤덮었다. 그리고 그 순간 균열을 따라 철 조각이 후두둑 떨어져 나가며 갑옷이 천천히 형체를 잃어 갔다.

어느새 그의 맨몸이 드러났다. 갑옷은 없지만 여전히 튼튼한 체격이다.

백리운은 그 맨몸을 손가락으로 툭 쳤다. 그러자 꿈쩍도 안 하던 사문금의 몸이 천천히 뒤로 넘어갔다.

쿵!

갑자기 주위가 조용해졌다. 그만큼 사문금의 갑옷을 맨손으로 부순 광경은 백우십성단의 단주들이라 하더라도 꽤나 충격적이었다.

'엄청난 무력이군.'

무야패가 창대를 두 손으로 잡고 앞으로 쭉 찔러 넣었다.

한 줄기 섬전처럼 순식간에 허공을 꿰뚫고 뻗어 나가는 무시무시한 창술.

한데 그 창이 노리는 지점은 백리운이 아니라 담가은의 목이었다.

"이익!"

기습적으로 내지른 창이다. 미처 피할 생각을 하지 못한 담가은이 놀란 눈을 하고선 목을 크게 움츠렸다.

그때 그녀의 옆에서 하얀 손이 불쑥 튀어나왔다.

턱.

창대를 잡고 멈춰 선 손.

백리운의 것이었다.

꿀꺽.

담가은은 자신의 미간 앞에 닿을 듯 말 듯 멈춰 선 창끝을 보고 침을 삼켰다.

"……."

그녀는 일순간 말이 나오지 않을 정도로 크게 놀란 듯했다.

"내가 눈앞에 있는데도 나보다 담가은을 노리다니. 그만큼 담가은의 존재가 회주에게 위협적인가? 하긴 담가은이 없으면 이 일을 설명할 증거도 없는 것이겠지."

갑자기 좋은 생각이 난 듯 백리운이 씩 웃었다.

"응?"

멍하니 있던 담가은은 돌연 몸이 붕 뜨는 것이 느껴졌다. 정신 차리고 보니, 어느새 백리운의 어깨에 둘러메어져 있었다.

"회주에게 전해라. 사사천구를 정복하고 조만간 그 왕관을 가지러 가겠다고."

"……."

백우십성단의 무인들이 동시에 백리운을 향해 몸을 날렸다.

쾅!

그들 열 명의 단주가 맞닥트린 지점에서 흙먼지가 뿌옇게 일며 땅바닥이 푹 파였다. 하지만 그 어디에도 백리운의 모습은 보이지 않았다.

그에 무아패가 허탈하다는 듯 창끝을 내렸다.

"놓친 건가."

단주들의 눈빛이 어지러이 뒤엉켰다.

* * *

우당각의 문을 지키고 있는 곽가량은 눈앞에 서 있는 여인을 보고 곤란하다는 듯이 고개를 저었다.

"소저가 누구인지 잘 알고 있습니다. 하지만 소가주도 없는 우당각에 함부로 사람을 들일 순 없습니다."

그가 이토록 조심스럽게 대하는 여인은 다름 아닌 등화린이었다. 그녀가 곱게 옷을 빼입고 우당각에 들린 것이다.

"알고 있어요. 그렇지만 저는 소가주를 만나러 온 게 아니랍니다."

"그럼 어느 분을……."

"나설란이라는 분을 만나 뵈러 왔어요."

그때였다.

끼이익.

우당각의 문이 열리고 가벼운 궁장 차림의 나설란이 사뿐히 걸어 나왔다.

"저를 보러 오신 건가요?"

"……."

등화린은 그녀를 보며 말없이 고개를 끄덕였다.

"들어오세요. 차라도 한 잔 같이 마셔요."

그 말에 곽가량이 잠시 고민하는가 싶더니, 이내 몸을 틀어 길을 내주었다.

탁자 위에 있는 뜨거운 찻잔이 각자의 앞에 놓여 있었다. 하지만 나설란과 등화린은 찻잔에 손을 대지 않고 서로만 바라봤다.

짧은 침묵이 흐르고 나설란이 찻잔을 두 손을 감싸 쥐며 먼저 입을 열었다.

"저를 보고 싶어 하셨다고요? 그 이유를 여쭤도 될까요?"

"그냥, 보고 싶었어요."

"그래요. 저도 등 소저를 보고 싶어 했답니다."

등화린이 눈썹을 들썩였다.

"저를요?"

"등 소저와 같은 이유랍니다."

"……."

같은 이유란 말에 등화린이 잠시 멈칫했다. 그러자 나설란이 찻잔을 한 차례 들이켜고는 다시 입을 열었다.

"항상 궁금했어요. 저도 옆에 있고 가은이도 옆에 있는데, 소가주는 늘 다른 사람만 보고 있던 것 같았어요."

"그게 저라고 생각하세요?"

"소가주는 오 년 전까지만 해도 소저와 혼약을 한 상태라고 들었죠."

"맞아요. 하지만 그건 오 년 전의 일이에요."

"소가주는 그렇게 생각하지 않은 것 같네요."

"그걸 나 소저가 어떻게 아시는 거죠?"

나설란이 방긋 웃었다.

"자신이 좋아하는 사람이 다른 사람을 보고 있다면, 쉽게 알아채는 법이지요."

"소가주를 마음에 두시고 계셨군요."

"그러지 않았다면, 제가 여기에 계속 남아 있을 이유는 없죠."

등화린은 잠시 그녀의 눈동자를 빤히 들여다봤다.

"하지만 운이는, 아니 소가주는 저를 가까이 두려고 하지 않아요."

"그야 당연하죠. 자신과 가까이 있으면 위험해지니까요. 이미 한번 겪으셨잖아요. 남궁세가에 납치를 당한 적이 있다고 들었는데……."

"그랬죠."

"지금은 남궁세가와는 비교도 할 수 없는 위험한 사람들과 견주고 있어요. 소가주가 아무리 강해도 모든 사람을 지킬 수는 없죠. 그러니 최선의 방법은 아끼는 사람을 멀리 떨어트리는 거예요."

등화린의 눈꺼풀이 파르르 떨렸다.

"그렇… 군요."

"이 전쟁이 끝나면 저는 떠나겠죠. 소가주에게 더 이상 필요가 없어지니까요. 그때까지만 이곳에 있을게요."

마치 허락을 구하는 말투에 등화린은 어찌할 바를 몰랐다.

"그걸 왜 저에게……."

"이 자리는 소저의 것이니까요. 그러니까 그때까지만 소가주를 믿고 기다려 주세요."

등화린은 문득 나설란의 웃음이 슬프게 느껴졌다. 그리고 그제야 그녀 또한 백리운을 좋아하고 있다는 사실을 떠올렸다.

'그런데도 나에게 이런 말을 해주다니. 나 같으면 저런 상황에서 그녀처럼 말할 수 있을까?'

등화린은 결국 그 질문에 스스로 답할 수 없었다.

* * *

담가은과 함께 나란히 들어오는 백리운을 보고 곽가량이 정중하게 고개를 숙였다.

"오셨습니까?"

그에 백리운이 고개를 끄덕이고 지나가려고 하는데, 곽가량이 재빨리 말을 덧붙였다.

"안에 등 소저가 와 계십니다."

그 말에 백리운이 멈칫 섰다.

"등 소저라면……."

"등화린 소저 말입니다."

"걔가 어째서 온 것이지?"

"나 소저를 뵙고 싶다고 해서 왔습니다."

"나설란을?"

백리운이 눈살을 찌푸리고 있을 때였다.

끼이익.

낡은 마찰음과 함께 등화린이 밖으로 걸어 나왔다. 그리고 그녀의 옆에는 나설란이 배웅해 주려 나온 듯 같이 있었다.

"등 소저께서 무슨 일로 오셨소?"

언제 그랬냐는 듯 싸늘해진 목소리.

이전이었다면 그 목소리를 듣고 등화린의 눈빛이 많이 흔들렸을 것이다.

하지만 이제 그녀는 방긋 웃었다.

"잠시 볼일이 있어서 오게 됐어요. 주인도 없는 곳에서 실례가 많았네요. 그럼 저는 이만 물러가도록 하겠습니다."

그녀는 정중히 예를 갖춘 뒤에 걸음을 옮겨 그곳을 벗어났다. 그러자 백리운의 고개가 휙 돌아가 나설란에게로 향했다.

하지만 그의 시선이 따갑게 느껴진 터라 나설란은 못 본 척 재빨리 몸을 틀었다.

"어? 가은아!"

그녀는 두 눈을 크게 뜨고선 담가은을 향해 달려가 그녀를 꼭 안았다.

평소였다면 그녀가 아닌 담가은이 했어야 할 행동이었다.

그런데 지금은 담가은이 오히려 당황스럽다는 듯이 얼떨떨한 표정을 짓고 있었다.

"응? 너 왜 그래? 나 만난 게 기쁘지 않니?"

"기, 기뻐."

"그래. 나도!"

나설란이 그녀를 와락 끌어당겼다. 그런데도 담가은이 뻣뻣하게 서 있기만 하자 나설란이 몸을 떼며 눈을 빤히 쳐다봤다.

"왜 가만히 있어? 어?"

그녀를 살펴보던 나설란은 무언가 달라진 분위기를 알아챘다. 그래서 자신도 모르게 그녀의 몸에서 슬며시 손을 뗐다.

"너, 가은이 맞지?"

"맞아."

차분히 대답하고 차분히 웃는다.

확실히 자신이 알던 담가은이 아니다.

그래서 놀란 눈을 하고는 백리운을 쳐다봤다.

"무슨 일이 있었던 거예요?"

"너야말로 등화린하고 무슨 얘길 한 거지?"

"그게 그렇게 신경 쓰여요?"

"그건 아니고……."

그녀가 짓궂은 표정을 짓고는 휙 몸을 돌렸다.

"그래요? 그럼 말 안 해야지."

그녀가 우당각 안으로 들어가 버리고, 백리운은 문 앞에 서서 저 멀리 가는 등화린과 나설란의 뒷모습을 번갈아 가면서 보았다.

'흐음, 도대체 무슨 얘길 한 거지.'

여간 신경 쓰이는 게 아니었다.

* * *

원탁에 둘러앉은 세 사람. 그런데 백리운과 나설란은 담가은만 쳐다보고 있었다.

그러자 그녀가 싱긋 웃어 보이며 물었다.

"왜 그리 쳐다봐?"

"말투는 그대론데."

"그러게요."

백리운이 그녀와 눈을 마주치며 물었다.

"무슨 일이 있었던 거지?"

"보다시피 내 머리가 정상으로 돌아왔어."

"그 연못 때문인가?"

"맞아."

"신기하군. 머리까지 고칠 줄은 몰랐는데."

"뇌를 제외하곤 다른 부위는 완성이 돼 있어서 생각보다 금방 끝났지."

"약간은 낯설군."

그 말에 담가은이 얼굴을 붉히고 괜한 헛기침을 했다. 그걸 본 백리운이 피식 웃었다.

"어쭈. 이젠 부끄러워할 줄도 아네. 예전에는 그런 건 모르고 사는 것 같았는데."

"그, 그건 예전이니까."

"나하고 혼인하겠다고 매달린 건 생각나나?"

"그럼! 생각나지."

백리운이 의외라는 듯 의자에 몸을 파묻으며 말했다.

"그건 부끄럽지 않은가 보군."

"부끄러울 게 뭐 있어?"

새침데기처럼 말하는 그녀를 보고 백리운은 자신도 모르게 입꼬리를 올렸다.

"그 지하에서 있었던 일은 사비에게 대충 들었다."

"그럼 내가 따로 해줄 말은 없겠네."

"한 가지 있지."

"뭐?"

그녀가 눈을 동그랗게 뜨고 묻자 백리운 살짝 머뭇거렸다.

"회주가 너를 죽이라고 명령을 내린 건가?"

"……."

담가은의 표정이 금세 어두워졌다.

"아까 단주들 기세를 보자니, 그랬던 것 같은데."

"입막음하려고 했던 거겠지."

"이제 회주가 그 연못을 가진 건가?"

담가은이 고개를 끄덕였다.

"단주들이 움직인 걸 보면 일비도 그곳을 벗어난 것 같아."

"다른 사람은 없었나?"

"다른 사람?"

"그래. 예전에 이비가 말한 적이 있다. 처음으로 자신들을 만든 사람이 있다고. 이비도 지난 수십 년 동안 딱 한 번 봤다는데."

담가은은 모르겠다는 듯이 고개를 저었다.

"그런 소리는 처음 듣는데."

그 말에 백리운이 인상을 굳혔다.

'비들을 만든 존재는 이제 일비만 아는 건가?'

백리운은 비들을 만들었다는 존재가 계속해서 마음에 걸렸다. 일전에 이비가 우당각에 처음 찾아왔을 때 딱 한 번 말한 것이지만 계속 그들의 존재가 신경 쓰였다.

'도대체 누가 비와 같은 체계를 만든 것이지?'

비들을 모두 쳐 내도, 비들을 처음 만든 그 존재들을 쳐 내지 않으면 언제라도 다시 비들이 나타날 것만 같았다.

잠시 생각에 빠져 있던 백리운은 불현듯 담가은의 표정이 눈에 들어왔다.

여전히 많이 굳어 있는 표정이었다.

'꽤나 큰 충격을 받았겠지.'

이런 일을 겪는다면 누군들 그랬을 것이다.

백리운은 조용히 자리에서 일어섰다.

"쉬어라."

"응."

백리운이 우당각 밖으로 향하자 나설란이 턱을 괴며 담가은을 빤히 쳐다봤다. 그러자 담가은이 눈을 이리저리 굴리며 시선을 피했다.

"왜 그렇게 봐?"

"신기해서. 너무 달라졌어."

"이게 내 원래의 모습이지."

"맞아, 그게 너의 본모습이지."

나설란이 한 차례 방긋 웃었다.

그 미소를 본 담가은은 자신도 모르게 몸이 따뜻해지는 걸 느꼈다.

제3장
핏빛 연못

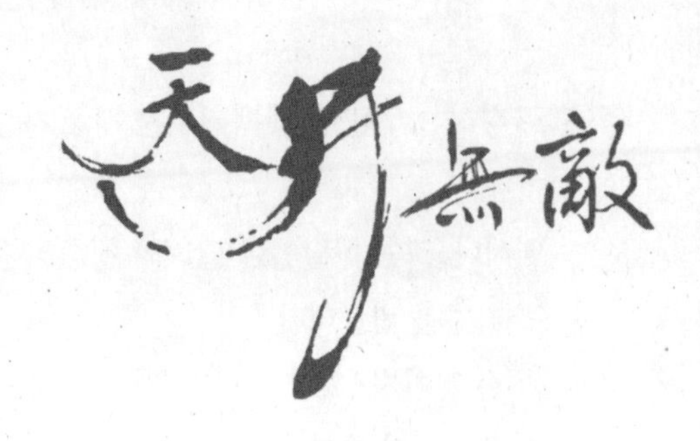

우당각을 나온 백리운은 문득 시야를 비집고 들어오는 햇살을 보았다.

'아침이 되었군.'

새벽에 백우회를 뒤흔들 만한 일이 벌어졌음에도 동쪽 땅의 아침은 조용했다. 어쩌면 백우회 전체가 숨을 고르고 있는 듯했다. 곧이어 다가올 태풍에 대비해서 말이다.

다시 길을 가려던 백리운이 저 멀리서 이쪽을 향해 다가오는 백리후를 보고 멈춰 섰다. 이쪽으로 나 있는 길은 오직 우당각으로 향하는 길뿐이니, 백리후는 지금 자신을 보려고 오는 중일 것이다.

역시나, 그는 한달음에 달려와 정중히 읍을 해 보였다.

"소가주를 뵙습니다."

"무슨 일이지?"

"가주님께서 부르십니다."

"아버님이? 세가에 무슨 일이라도 생겼느냐?"

"아닙니다. 단지 할 얘기가 있다고만 하셨습니다."

"알겠다. 가지."

백리운이 성큼 걸음을 내디디며 나아갔고, 백리후가 일정 거리를 두고 뒤에서 쫓아갔다.

"내가 아버님을 만나는 동안 네가 따로 할 일이 있다."

"말씀하시지요."

"서쪽 땅으로 가서 대해문의 장문인을 만나 보고 오너라."

백리후의 표정이 흠칫 굳었다.

"전하실 말씀이라도 있습니까?"

"조금은 과격한 말이다. 어쩌면 너에게 피해가 돌아갈 수 있어."

"저는 괜찮습니다. 말씀해 주시지요."

백리운이 알겠다는 듯이 고개를 끄덕이다가 별일 아니란 것처럼 덤덤한 목소리로 말했다.

"한 시진 내로 찾아와 항복을 선언하라고 전해라. 그러지 않으면 내가 다시 찾아가겠다고 말해라."

"알겠습니다."

충격을 받을 만도 한데 백리후는 아무런 군소리 없이 받아들였다.

"그리고 내가 찾아가는 일이 생긴다면, 그때는 대해문 전체가 책임을 져야 할 거라고도 전해라."

"알겠습니다."

이번에도 덤덤히 받아들인 백리후는 길에서 이탈해 서쪽 땅으로 몸을 날렸다. 그러나 백리운은 그 길을 계속 따라가 백리사헌의 처소로 향했다.

* * *

서쪽 땅을 걷고 있는 백리후는 주변의 따가운 시선을 온몸으로 받아 내고 있었다. 제천검원의 부원주인 그를 사람들이 못 알아볼 리 없었다. 그것도 소매에 선명하게 박혀 있는 검은색 테두리를 보고도 말이다.

저벅저벅.

시끄러운 저잣거리를 걸어도 백리후에게 쏟아지는 시선은 사라지지 않았다. 대충 느껴지는 수만 따져도 이백이다.

지금도 이럴진대 대해문이 있는 안쪽에까지 들어가면 얼마나 더 많이 따라붙을까?

하지만 백리후는 그런 것 따위 전혀 개의치 않는 듯 무표정한 얼굴로 걷기만 했다.

새카만 의자를 나란히 두고 그 앞에 탁상 하나를 놓았다. 그리고 그 맞은편에 똑같은 모양의 의자가 또 하나 놓여 있었다. 그것은 백리후가 서쪽 땅으로 들어와 이곳으로 직행하고 있다는 소식을 들은 담우록이 미리 준비한 것이다. 그리고 그 옆에는 온몸을 붕대로 두른 담무백이 축 늘어져서 앉아 있었다.

그런 그들이 바라보고 있는 맞은편 의자 뒤로 문이 활짝 열렸다.

"들어오시게."

그 말에 안으로 들어온 사람은 당연 백리후였다.

그는 이 앞까지 다가와 정중히 포권을 취하고 담우록이 건네는 맞은편 의자에 앉았다.

"소가주의 말을 전하러 온 것인가?"

담우록이 묻자 백리후가 짤막하게 대답했다.

"그렇소."

"말해 보시게."

"한 시진 내로 찾아와 항복을 선언하라 했소. 그리고 한 시진 내에 오지 않는다면, 소가주께서 직접 찾아온다고도 했소."

"……."

담우록은 올 것이 왔다는 듯 말없이 눈을 감았다.

"그리고 소가주가 직접 오게 된다면, 그때는 대해문 전체에게 책임을 물을 거라 하셨소."

어느 누가 대해문의 장문인에게 이런 말을 할 수 있겠는가?

듣는 담우록 역시 기분이 상한 듯 의자 모퉁이를 잡고 팔을 부르르 떨었다. 그리고 천천히 눈을 떠서 덤덤하게 자신을 바라보는 백리후를 노려봤다.

"그게 다인가?"

"그렇소."

할 말을 전한 백리후는 곧바로 자리에서 일어섰다. 하지만 담우록은 그가 처소를 나가는데도 막지 않았다.

"아우야, 너는 어찌 생각하느냐?"

"형님, 벌써 잊으셨습니까? 저는 이미 항복했습니다."

"백리극에게도 패하고, 백리운에게도 패하는구나."

붕대 속에 드러난 담무백의 입꼬리가 쭉 올라갔다.

"백리운은 처음부터 이길 수 있는 상대가 아니었습니다. 어쩌면 처음 그를 만났을 때 눈치챘어야 했습니다."

"누가 알았나? 그 개차반 같은 놈이 이리 변해서 올 줄 말이야."

"어쩌실 생각입니까?"

"어쩌긴, 가서 항복해야지."

담무백의 눈빛이 무겁게 가라앉았다.

"죄송합니다, 형님."

"잘못은 내가 했지. 새벽에도 내가 물러섰어야 했다. 괜한 객기를 부리다가 본문의 제자들만 잃었어."

"서쪽 땅에 있는 다른 문파들이 반발할지도 모릅니다."

"서쪽 땅에서 우리 말을 듣지 않는 문파도 있나? 며칠 지나면 다 조용해질 거다. 그리고 자기들도 백리운의 무공을 눈앞에서 직접 보았다면 군말 없이 백리운을 따를 테지."

그 말에 담무백이 실소를 흘렸다.

"세상에, 그런 힘은 처음 봤습니다."

"북쪽 땅을 금방 함락시킬 만했다."

"계속 싸웠더라면 대해문은 무너졌을 겁니다."

"그랬겠지."

그리고 한동안 정적이 찾아왔다. 어느새 그들의 얼굴엔 씁쓸한 미소만이 감돌았다.

"갔다 오마."

담우록이 의자에 파묻었던 몸을 일으키자 담무백이 재빨리 입을 열었다.

"혼자 가실 생각입니까?"

"항복하는 주제에 애들을 주렁주렁 달고 갈 순 없지."

"항복을 하고 나면 백리운이 우리 아버님이 저지른 일을 다 폭로할지도 모릅니다."

"굳이 말할 것 같지는 않다. 하지만 그건 우리가 지켜보기만

한 죄도 크다. 어느 정도는 감수해야 할 몫이지.”

“자기 딸을 그렇게 실험 대상으로 쓰이도록 놔두었다는 비난을 피하지 못할 겁니다.”

“나로 그치면 다행이지. 자칫 잘못하면 대해문 전체가 비난을 면하지는 못할 거다.”

“하지만 형님도 모르는 사이에 벌어진 일 아닙니까?”

담우록이 고개를 돌렸다.

“그렇다고 책임을 회피할 순 없겠지.”

“…….”

담우록은 발길을 질질 끌며 문 앞에 섰다. 그리고 한참을 머뭇거리다가 뒤늦게 문을 열고 밖으로 나갔다.

그런 담우록을 보며 담무백이 나직이 읊조렸다.

“다녀오십시오, 형님.”

* * *

“무슨 일로 부르셨습니까?”

백리사헌의 처소로 들어온 백리운이 묻자, 백리사헌이 자신의 맞은편에 자리를 권했다. 백리운이 앉자마자 백리사헌이 입을 열었다.

“새벽에 서쪽 땅이 시끄러웠다고 하더군. 듣기로는 네가 그 일에 관여했다고 하던데.”

"모르시는 게 없으십니다."

"이번 새벽에 벌어진 일도 그렇고, 현월교도 그렇고, 생각보다 너의 무위가 높구나. 그만큼 감추고 있는 것도 많다는 뜻이겠지."

"아버님은 저에게 하실 말씀이 없으십니까?"

백리사헌이 잠시 뜸을 들이다가 말했다.

"그렇게 말하고 있는 걸 보니 뭔가 알고 있는 것이 있나 보구나."

"묻고 싶은 게 많아서 뭐부터 물어야 할지 모르겠습니다."

"네가 가장 묻고 싶은 것은 오 년 전의 일이 아니더냐?"

"저는 제가 쫓겨난 이유를 알고 있습니다."

백리사헌이 잠시 멈칫했다.

"그럼 이제 비들의 존재도 알겠구나."

"새벽에 삼비와 사비를 처리하고 오는 길입니다."

백리사헌이 또 한 번 움찔 몸을 떨었다. 그것도 잠시, 천천히 고개를 들었다.

"삼비와 사비를 죽였다고?"

"그들이 백리극을 죽인 것도 알고 있습니다."

백리사헌이 눈을 꾹 감았다. 치밀어 오르는 슬픔을 가까스로 참는 중이었다.

잠시 후 힘겹게 비집고 나오는 한마디.

"고맙다."

백리운은 그 말을 듣는 순간 마음이 울컥하는 걸 느꼈다.

"저를 쫓아내실 때도, 그들 때문이 아니었습니까?"

"그때는 몰랐지. 극이가 너를 위해서 그렇게 해야 한다고만 말했단다. 그들 때문이란 걸 알았을 때는 극이가 죽고 난 뒤였다. 그래서 등평부와 같이 그놈들을 잡으러 갔지만 우리 둘만으로는 무리였다."

"그랬겠지요. 그놈들은 백아사천의 무공들을 전부 익혔으니."

"그놈들을 만나 봤다니 그놈들의 육신이 얼마나 괴물 같은지 알고 있겠구나. 각자의 성향이 강한 백아사천의 무공들을 한 몸에 익히고도 그놈들의 몸은 끄떡없었지. 그리고 그걸 전혀 무리 없이 펼쳐 내더군."

"그들은 그러라고 만들어진 존재들입니다."

백리사헌이 눈을 뜨고선 주먹을 부르르 떨었다.

"그놈들에게 묻고 싶었다. 어째서 극이를 죽인 것인지……."

"백리극에게 가해진 가문의 대법은 실패였습니다. 어쩌면 처음부터 무리였는지 모릅니다. 그 어린아이가 가문의 어르신들의 내공을 버틸 리 없었지요."

"지금 무슨 소리를 하는 것이냐? 백리극은 버텨 냈다."

"버텨 낸 게 아닙니다. 그런 것처럼 보인 것이지. 가문의 대법은 실패했고, 비들이 자신들의 육신을 만드는 것처럼 백리극의 육신을 바꿔 놓았습니다. 그래서 가문의 어르신들이 전수해 준

내공을 온전히 받아들일 수 있었습니다. 그리고 그 대가로 백리극은 그들처럼 일곱 번째 비로 활동했습니다."

백리사헌의 표정은 급격히 굳어 갔다. 하지만 백리운은 말을 멈추지 않았다.

"백리극은 비들의 생각 이상으로 컸고, 결국 비들은 백리극이 이루어 낸 변화를 쳐 내기로 결심합니다. 그중에는 저도 포함되어 있었지요. 그래서 일비가 저를 죽이라고 명령을 내린 겁니다. 백리극은 그걸 거부하고 저를 백우회 밖으로 내보낸 것이지요."

"누구에게 들은 것이냐?"

"이비가 직접 말해 주었습니다."

백리사헌은 몸을 극심하게 떨다가, 눈을 감으며 주먹을 꾹 말아 쥐었다. 그렇게 온몸에 치미는 분노를 힘겹게 가라앉히고 있었다.

그의 감정이 겉으로 드러남에도 백리운은 못 본 척 고개를 돌렸다.

이런 반응을 예상 못한 것이 아니다. 그래서 말하기 직전까지도 많이 고민했지만, 그래도 백리사헌이 알고는 있어야 한다고 생각했다.

"그런 것이었군."

백리사헌이 눈을 떴다. 많이 분을 삭인 듯 눈동자는 고정돼 있었다. 또한 바위처럼 흔들림 없는 기세까지. 평소의 그로 돌아온 것이다.

"이 사실은 너와 나만 아는 것이 좋을 것 같다."

"알겠습니다."

"그래, 너는 앞으로 어쩔 생각이더냐?"

"며칠 내로 남쪽 땅을 정복하고 회주를 끌어내릴 생각입니다."

"북쪽 땅은 이미 항복했다지만, 서쪽 땅을 두고 남쪽 땅을 치는 것이 옳다고 보느냐?"

"서쪽 땅은 한 시진 안으로 항복을 할 것입니다."

백리사헌이 덤덤히 고개를 끄덕였다.

"그럼 서쪽 땅은 더 이상 신경 쓰지 않아도 되겠군."

"무슨 일이 있었는지 묻지 않으시는 겁니까?"

"새벽에 무슨 일이 있었겠지. 그 정도만 알고 있으면 됐다. 어차피 네가 잘 이끌어 가고 있으니 더 이상 내가 관여할 필요는 없을 것 같구나. 다만, 회주와 척을 지면 서쪽 땅이 다시 반발할지도 모른다."

백리운이 씩 웃었다.

"그 점은 염려하지 않으셔도 됩니다. 서쪽 땅은 회주를 지지하지 않을 겁니다."

"담우록은 회주의 아들이다. 그런 그가 대해문의 장문인을 맡고 있는데, 가만히 보고만 있을까?"

"그럴 겁니다. 제가 치명적인 약점을 잡고 있으니까요."

"네가 그리 확신하는 걸 보면, 아무래도 그 친구가 단단히 잘못한 게 있나 보군."

"어쩌면 담우록도 피해자라고 볼 수 있을 겁니다. 세상은 그리 여기지 않겠지만."

백리사헌이 알겠다는 듯이 고개를 끄덕였다.

"지금껏 해 왔던 것처럼 알아서 잘하겠지."

"서쪽 땅에서 항복해 오면, 그 즉시 동쪽 땅의 사람들을 모아 주십시오."

"곧바로 남쪽 땅을 칠 생각이냐?"

"굳이 싸울 필요 있습니까? 서쪽 땅의 항복 소식을 듣는다면 우리가 압박하기만 해도 알아서 움직일 겁니다."

"알겠다. 바로 움직일 수 있도록 대기시켜 놓지."

"삼 일 후에 북쪽 땅과 서쪽 땅의 무인들과 함께 남쪽 땅을 둘러쌀 것입니다."

"삼 일까지 기다리는 것이냐?"

"다른 땅에서도 움직일 시간을 줘야지요. 그리고 그동안 남쪽 땅도 스스로 고립된 기분을 느껴 봐야 할 테고요. 그래야 더 빨리 무너지지 않겠습니까?"

백리사헌이 슬며시 미소를 머금었다.

'무작정 힘만 쓰는 것은 아니었군.'

하지만 그는 그 생각을 굳이 입 밖으로 끄집어내지 않았다.

* * *

백리사헌의 처소에서 돌아온 백리운은 우당각 중심에 있는 의자에 차분히 앉아 있었다. 그리고 아무것도 하지 않고 그저 앉아만 있었다.

그러다가 짧게 한마디 내뱉었다.

"왔군."

한 시진을 반각 남긴 시각.

밖에서 소란스러움이 일어났다. 그리고 그 소란스러움은 점점 구름이 몰려온 것처럼 커지더니 자신이 있는 우당각 쪽으로 향했다.

끼이익.

문을 열고 곽가량이 들어와 물었다.

"대해문의 장문인께서 오셨습니다."

"들여보내도록 해라."

"예."

곽가량이 나가고, 그가 있던 자리로 담우록이 터벅터벅 걸어 들어왔다.

그는 다른 곳은 눈길 한 번 주지 않고 오직 백리운만 보며 이 앞까지 다가왔다.

"혼자 왔군."

"괜히 사람들을 달고 왔다가 오해만 살까 싶어 혼자 왔소."

이전과는 말투도 달라졌다.

“그래, 어쨌든 이리 왔다는 건 항복하겠다는 뜻이겠지.”

“그렇소.”

“그 전에 한 가지 말할 것이 있다. 나는 남쪽 땅까지 함락하고 사사천구를 통일한 순간, 회주를 칠 것이다. 그때도 나를 배신하지 않을 자신이 있느냐?”

담우록이 씁쓸히 웃었다.

“나에게 선택권이 있소? 만약 내가 내 아버님 편을 들겠다고 하면 어쩔 생각이오?”

“같이 묻어야지.”

“나를 말이오?”

“대해문 전체를. 필요하면 서쪽 땅까지 지워 버릴 요량도 있다.”

“굳이 그리 어렵게 할 필요 있소? 그저 간단히 가은이를 내세워서 회주가 무슨 짓을 벌였는지 알리기만 해도 본문은 알아서 침몰할 것이오.”

“그런 걸 스스로 말할 줄은 몰랐군.”

담우록이 어깨를 으쓱 들어 올렸다.

“지금에 와서 뭘 감추겠소?”

“담가은의 머리는 정상으로 돌아왔다. 더 이상 애처럼 굴지 않아.”

담우록이 고개를 빳빳이 세웠다.

"지금 뭐라 하셨소?"

"담가은의 어린 지적 능력이 원래 나이에 맞게 돌아왔다고."

"그 말이 사실이오?"

그 굳세던 담우록의 목소리가 떨려 왔다.

백리운은 그 물음에 답하는 대신 손을 들어 앞으로 까닥였다. 곧 그가 앉아 있는 의자 뒤편에서 한 여인이 차분한 걸음으로 나왔다.

깔끔하게 궁장을 차려입은 담가은이었다.

그녀는 두 손을 공손히 모으며 밝게 웃었다.

"아버님."

"……!"

담우록은 숨이 막히도록 놀라 그 자리에서 얼어붙은 것처럼 멈췄다.

그때 백리운은 조용히 의자에서 일어나 뒤쪽으로 나 있는 복도로 들어갔다. 그 순간 뒤에서 담우록의 울음소리가 들려왔지만, 백리운은 모른 척하며 방에 들어갔다.

한동안 담우록의 울음소리는 그치지 않았다.

그 둘만의 시간이 지나고 담가은이 백리운이 있는 곳으로 돌아왔다. 그러자 백리운은 다시 그곳으로 가서, 한가운데에 솟아 있는 의자에 앉으며 말했다.

"담가은은 계속 우당각에서 데리고 있을 것이다."

“물론이오. 한데 언제까지 데리고 있을 생각이오? 남쪽 땅을 함락할 때까지? 아니면 평생 데리고 있을 생각이오?”

“회주까지 처리하고 보내 주지.”

“굳이 그럴 필요 있소? 동쪽 땅과 활발한 교류를 하자는 뜻에서 평생 데리고 있어도 되오.”

백리운이 피식 웃었다.

“무슨 속셈이지?”

“딸 가진 아비로서 무슨 속셈이겠소? 잘난 사람 만나 혼인만 잘하면 되는 것 아니겠소? 그것도 곧 천하를 움켜쥘 사람이라면 더더욱 나쁠 것 없소이다.”

“일전에 듣지 않았나? 내 처소에는 담가은과 함께 나설란도 며칠 동안 같이 있었다.”

“백우회의 회주가 삼첩, 사첩 거느리겠다는데, 누가 뭐라 하겠소?”

백리운이 곤란하다는 듯이 이마를 쓰다듬었다.

“지금 담 장문인은 이곳에 항복을 하러 온 것이지, 자기 딸을 혼인 시키려고 온 것이 아니다.”

“알고 있소. 하지만 항복은 이미 본문에서 담무백이 대신 하지 않았소? 그러니 이 얘기를 좀 더 해봅시다.”

백리운이 한숨을 내쉬며 화제를 돌렸다.

“가서 서쪽 땅의 무인들을 모아라. 삼 일 뒤에 바로 움직일 수 있도록.”

"바로 쳐들어갈 생각이오?"

"고무진이 멍청하지 않다면 굳이 전쟁까지 갈 필요 없겠지."

"알겠소. 그리고 내 얘기도 더 고려해 보시오."

담우록은 정중히 포권을 올리고 나서 우당각을 나섰다. 하지만 백리운은 계속 곤란하다는 듯이 한숨만 푹푹 쉬어 댔다.

* * *

그와 비슷한 시각.

천장이 뚫린 탑의 지하에서 담대천은 자신의 앞에 부복하고 있는, 열 명의 단주들을 내려다보고 있었다.

"가은이도 놓치고, 일비도 놓쳤단 말이지?"

백우십성단의 단주들 중 한 사람이 고개를 살짝 들며 답했다.

"일비의 행적은 조금도 남지 않았습니다. 그래서 저희는 담 소저에게 집중했던 것인데……."

"그런데 백리운이 끼어들어서 방해한 것이군."

"그렇습니다."

"비들을 처리하니 백리운이 방해가 되는군. 그런데 모든 단주가 있었음에도 백리운 하나 잡지 못한 건가?"

"그자의 무력이 생각보다 뛰어났습니다. 어쩌면 일비는 비교조차 할 수 없을지도 모릅니다."

기껏해야 일비와 아등바등하는 정도로 생각했던 담대천은 눈썹을 잘게 떨었다.

"그 정도란 말이냐?"

"저희 단주들이 손도 대지 못하고 졌습니다."

"그래도 이 연못을 통해 일비처럼 그 괴물 같은 몸만 얻는다면 상황은 달라질 것이다. 그들은 단 여섯 명만으로 백우회를 좌지우지했으니……."

순간 엎드려 있는 단주들의 눈빛에 탐욕의 빛이 이글거렸다.

"이 연못을 대기라고 생각하고 운기조식에 들어가라. 그럼 단전에 내기를 축적하듯 너희들의 몸에 사람의 정기가 들어갈 것이다. 이 연못은 수만 명의 정기가 담겨 있는 연못. 그 정기를 빨아들일 때마다 너희들의 몸은 그들처럼 변할 것이다."

"하면, 저 연못이 붉은 이유가……."

"그래, 사람의 피로 만들어졌기 때문이지. 그래서 정기까지 담을 수 있는 것이다."

몇몇 단주들의 눈빛이 흔들렸다. 지금 담대천이 말한 것은 흔히들 사마외도들이나 하는 짓이었기 때문이다.

하지만 그것도 잠시일 뿐, 그들의 탐욕은 금세 다시 타올랐다. 만약 그들에게 최소한의 양심이 남아 있었다면 일이 이 지경이 되도록 만든 담대천의 말을 듣지 않았을 것이다.

"우리에겐 시간이 없다. 보나 마나 백리운은 내가 저지른 일을 터트릴 테지. 그럼 백우회는 나를 몰아낼 명분을 갖게 되고, 나는 고립된다. 백리운이 사사천구를 통일하기 전에 비의 육신을 얻어야 한다."

그는 말을 하며 연못에 발을 담갔다. 그러곤 장포를 스스로 벗으며 땅바닥에 떨어트린 뒤 천천히 연목 속에 몸을 집어넣었다.

목까지 몸을 집어넣은 담대천은 그대로 눈을 감았다. 그 후 대해문의 심법 중의 하나인 대해일천공(大海溢天功)을 운용했다. 이내 그의 몸 안을 가득 채운 정순하고 웅혼한 기운이 장강의 물줄기처럼 거세게 휘돌았다. 그러곤 연못에 떠다니는 사람의 정기를 빠른 속도로 흡수해 갔다.

"저, 저런……."

한데 그 모습을 보는 단주들의 입에서 경악성이 터져 나왔다. 아주 진했던 연못이 눈에 띄게 옅어진 것이다.

물론 아직 충분히 붉었지만 그래도 이전과 비교하면 차이가 있었다.

"후우."

한참의 시간이 흐르고 담대천이 눈을 뜨며 일어섰다. 내공은 이전과 별다른 차이가 없었다.

그런데 그 내공을 담고 있는 그릇은, 그리고 그 내공을 움직이는 통로는 이전과는 엄청난 차이를 보였다. 아직 완성된 것은 아니지만 벌써부터 반응이 온 것이다.

"이런 느낌이었나?"

이런 몸을 가지고 기존의 무공을 펼치면 상상도 못할 위력이 나올 것 같았다.

이리되기 이전에도 일비보다 한 수 위였다.

그럼 지금은? 자신조차 가늠할 수 없을 정도였다.

담대천은 자신의 몸을 꼼꼼히 살펴봤다. 겉모양은 그대로지만 달라진 것이 생생하게 느껴졌다.

쾅.

한 걸음 내딛자 땅바닥이 갈라지며 발자국이 깊게 파였다. 넘쳐흐르는 힘에 조절을 실패한 것이다.

쾅.

두 번째 걸음도 똑같았다.

그리고 그 발자국이 생겨날수록 그걸 지켜보는 단주들의 눈에 자리한 탐욕이 깊어졌다.

그것을 눈치 채기라도 한 것일까? 담대천이 드디어 기다리는 말을 했다.

"한 명씩 들어가라. 먼저, 무야패."

그 말에 무야패가 벌떡 일어나 그 연못에 조심스럽게 발을 집어넣었다. 하지만 첫 느낌은 평범한 물과 다를 바 없었다.

그런데 몸을 집어넣고 운기조식에 들어가자, 몸 표면과 속 근육들이 빠른 속도로 단단해져 가는 걸 느꼈다. 그리고 내공을 떠받드는 몸의 힘이 대장간에서 망치로 두들기는 것처럼 더 강해져 가는 것도 느껴졌다.

그렇게 단주들은 한 사람씩 번갈아 가면서 그 연못에 들어갔다.

제4장
오비는 대답이 없었다

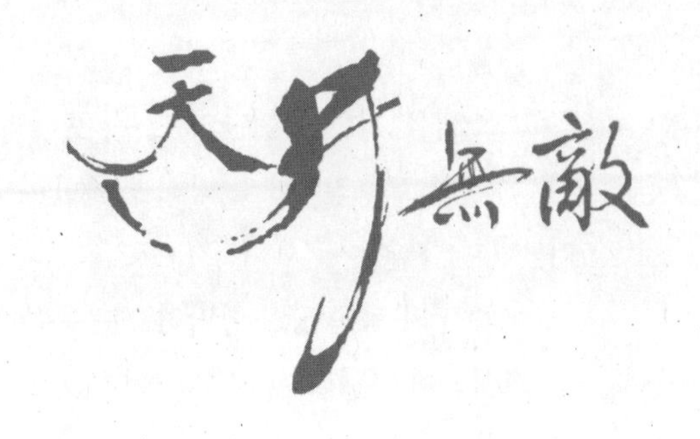

서쪽 땅이 항복했다는 소식이 무서운 속도로 퍼져 나갔다. 그리고 자연스럽게 남쪽 땅으로 모든 시선이 쏠렸다. 불과 이삼 일 만에 백우회의 판도가 달라진 것이다.

그리고 이제 남은 곳은 남쪽 땅 하나.

처소에서 그 소식을 들은 고무진이 의자에 몸을 깊게 파묻었다.

"이제 남은 건 우리뿐이군."

"어쩌시겠습니까?"

그 소식을 전한 구현단의 단주, 포대익이 조심스럽게 물었다. 하지만 고무진에게도 딱히 뾰족한 수가 있는 것은 아니었다.

"서쪽 땅과 북쪽 땅을 함락하고도 동쪽 땅은 건재하다지?"

"그뿐만이 아닙니다. 무슨 일인지 서쪽 땅과 북쪽 땅 두 군데 모두 백리운의 말을 따르고 있습니다."

"그야 그놈들은 패배했으니 승자의 말을 따르는 거겠지."

"잘 생각해 보십시오. 그동안 패했다고 해서 순순히 그 말을 따른 적은 없습니다. 오히려 회주의 권력이 더 막강해지는 걸 막기 위해서 어떻게 해서든 말을 듣지 않았지요."

"백리운이 무슨 명령을 내렸는데?"

"삼 일 내로 각 지역의 사람들을 모으라고 했답니다."

"삼 일 내로?"

"예, 그때 우리 땅을 치겠다고 합니다."

고무진의 얼굴이 순식간에 어두워졌다.

"우리를 친다는 명령을 다 떠벌리고 다니는 건가?"

"일부러 들으라고 그런 것 같습니다. 삼 일 내로 항복하지 않으면 쳐들어오겠다고."

"심계가 있군."

포대익이 우물쭈물거리다가 조심스럽게 입을 열었다.

"항복을 생각해 보시는 것이 어떻습니까?"

"지금 뭐라 했지?"

"아까도 말했지만, 지금 북쪽 땅과 서쪽 땅은 백리운의 부하라도 되는 것처럼 충실히 명령을 따르고 있습니다. 그냥 보여주기 위함이 아니라 제대로 병력을 모으고 있다고 합니다. 각 땅에 있는 백도칠원은 물론이고, 부상자를 제외한 백아사천의 모든 제자들까지 나선다고 합니다."

고무진이 아랫입술을 깨물었다.

"그렇게까지 하는 이유가 뭐지?"

"저도 알 수가 없습니다. 회주가 명령을 내려도, 이리 지극정성으로 움직이진 않았을 겁니다."

"어제까지만 해도 우리와 전쟁을 치르던 서쪽 땅이 오늘은 갑자기 동쪽 땅에 항복을 했다. 분명, 우리가 모르는 어떤 일이 있을 것 같은데."

고무진이 포대익을 흘기며 말을 이었다.

"구현단으로도 알아낼 수 없나?"

"한 가지 알아낸 사실이 있습니다만, 너무 허무맹랑한 얘기라……."

"뭐라도 좋으니 말해 보게."

구현단은 굉장히 은밀한 부대로, 주로 음지에서 움직이며 이런 정보를 수집해 오는 일을 능수능란하게 해 왔다. 그래서 고무진은 상당히 기대하고 물었는데, 되돌아오는 것은 정말 믿지 못할 설화 같은 이야기였다.

"새벽에 백리운이 달랑 세 명의 부하들을 이끌고 대해문에 쳐들어갔다고 합니다. 그리고 서쪽 땅의 대표인 담무백을 망신창이로 만든 다음, 모두가 보는 앞에서 무릎을 꿇렸다고 합니다."

"믿기 힘든 얘기군."

"그뿐만 아니라 상당수의 대해문 무인들까지도 대해문 한가운데서 죽였다고 합니다."

"그것도 믿기 힘들군."

아무리 구현단이 캐내 온 정보라지만, 쉽게 믿기에는 무리가 있었다.

"대해문의 무인들과 접촉한 단원들이 입을 모아 그리 말하고 있습니다. 만약 그게 사실이라면 작금의 이 모든 상황이 이해가 갑니다. 설사 그 얘기가 거짓이라도 우리의 상황은 달라질 게 없습니다."

"항복을 해라?"

"이미 기세가 꺾였습니다. 남쪽 땅에 입주한 상인들은 뒷문으로 빠져나가기 바쁘고, 중소 문파들은 싸울 의지가 없습니다. 이런 상황에서 맞붙었다간 제대로 손 한 번 써 보지 못하고 밀릴 겁니다."

고무진이 착잡하게 눈을 감았다.

"만약 전쟁이 일어난다면 얼마나 버티겠는가?"

"백리운이 참전하지 않아도 하루도 버티기 힘들 겁니다. 우리가 서쪽 땅과 전쟁 중에 백리세가에서 쳐들어와 식량 창고나

무기고들을 모두 무너트리지 않았습니까? 전쟁을 할 물자조차 힘이 듭니다. 게다가 상인들은 거의 다 빠져나가서 따로 조달하기도 힘듭니다."

고무진이 허무하다는 듯이 웃었다.

"빠져나갈 구멍이 없군."

"불과 이삼 일 전까지만 해도 백우회의 분위기는 종잡을 수 없을 정도로 복잡하게 돌아갔습니다. 그래서 저는 어느 누구도 이 판을 이끌어 갈 수 없다고 생각했습니다. 그런데 백리운은 제 생각을 뒤집고 이 판을 휘어잡았습니다."

"요새 매일같이 듣는 소식은 백리운의 승전 소식뿐이었지."

"그나마 다행이지 않습니까? 우리만 항복하는 것도 아니니."

고무진이 피식 웃었다.

"이만 나가 보게. 잠시 쉬고 싶군."

포대익은 정중히 읍을 한 뒤에 뒤뚱뒤뚱 밖으로 나갔다.

그에 고무진이 탁자 위에 널브러져 있는 서적 중의 한 권을 펼쳐보았다.

하지만 얼마 읽지 못하고 다시 덮었다. 그러곤 꿈쩍도 안 하고 한동안 탁상만 바라봤다.

* * *

이틀이 지나고 사흘째 되는 날.

아침 해가 찬란하게 피어나며 남쪽 땅 일대로 스며들었다.

아무런 소리도 들리지 않을 만큼 조용했다.

그에 정면에서 남쪽 땅을 바라보던 백리운이 작은 침음을 삼켰다.

'흐음, 끝까지 버티기로 하는 건가? 그래도 고무진이라면, 최소한의 사리분별은 할 줄 안다고 생각했는데.'

지금 남쪽 땅의 왼편에는 서쪽 땅의 무인들이 몰려 있고, 오른편에는 동쪽 땅의 무인들이 대기하고 있었다. 그리고 위쪽으로 난 문 앞에는 북쪽 땅의 무인들이 살벌하게 기세를 키우며 서 있었다. 새벽에 이동을 마치고 포위를 끝낸 것이다.

"어쩔 수 없군."

백리운이 고개를 끄덕이며 남쪽 땅으로 걸음을 옮기자, 남쪽 땅을 둘러싼 어마어마한 수의 무인들도 같이 남쪽 땅으로 발을 디뎠다.

한데 그 순간, 남쪽 땅에서 한 사람이 걸어 나왔다.

남쪽 땅의 대표인 고무진이었다.

저벅저벅.

그가 나타나자 남쪽 땅으로 진격하던 병력이 멈추고 모두 그를 바라봤다.

현음신군 고무진.

그는 사사천구의 대표들 중에서 가장 훌륭한 성품을 지녔다고 평가받는 자였다. 그래서 그런 것일까? 그가 나타나자 안도의 숨을 쉬는 사람들이 나타났다.

저벅저벅- 뚝.

고무진이 걸음을 멈춰 선 곳은 병력의 중심에 서 있는 백리운이었다.

"일이 이렇게……."

"일전에 그대의 처소에 살수가 든 적이 있었지."

백리운이 다짜고짜 말을 끊고 제 말을 해 버렸다.

"살수가 든 적이 한두 번이 아니라서 뭘 언급하는 건지 잘 모르겠소이다."

"현월교의 사람이라 오해하고 북쪽 땅을 치지 않았나?"

고무진이 눈을 부릅떴다.

"그걸 소가주가 어찌 아는 것이오?"

"내가 그 살수였으니까."

"아니오. 그 살수는 분명히 현월교의 무공을 썼소."

그 말에 백리운이 손을 들어 이리저리 흔들어 보았다. 그러자 그 손을 따라 무수히 많은 현월교의 무공이 떠올랐다가 사라졌다.

"그때 당시는 내가 기반을 다지고 있을 때라 잠시 시간이 필요했어. 그래서 북쪽 땅과 싸우도록 이간질 좀 시켰지."

"하지만 어찌 그게 가능하단 말이오?"

백리운이 손을 털어내며 한창 펼치고 있던 현월교의 무공을 싹 지웠다.

"지금 중요한 건 그게 아니지. 어쨌든 이리 혼자 나왔다는 것은 항복을 하겠다는 뜻이겠지?"

"그럴 생각이었소만."

"그새 마음이 바뀌기라도 했나?"

"갑자기 억울한 마음이 들어서 말이오."

"뭐가 억울한 거지?"

"그때 그 살수들을 찾으려고 나는 북쪽 땅과 전쟁까지 각오했소. 그런데 이리 눈앞에 떡하니 나타나게 됐는데, 하필이면 그게 내가 항복하려는 사람이란 말이오."

말뜻을 알아들은 백리운이 씩 웃었다.

"그리 원하면 한 번 정도는 기회를 줄 수 있는데."

"아아, 어찌 그러겠소? 함부로 소가주와 싸웠다가는 저 많은 병력이 우리 땅으로 쳐들어올 텐데……."

"능구렁이처럼 구는군. 현음신군의 이런 모습은 처음이야."

"어떻게 저 전쟁과는 별개로 기회를 한 번 주겠소?"

그가 기다렸다는 듯이 묻자 백리운이 고개를 끄덕였다.

"그리 원하면 들어줘야지. 그런데 괜찮겠나? 이렇게 많은 사람 앞에서 지면 꽤나 창피할 텐데."

"이리 많은 사람 앞에서 항복을 하는 것도 꽤나 창피한 일이오. 어차피 창피를 피할 수는 없는 노릇이니, 이왕이면 내 원이라도 풀어야 하지 않겠소?"

"마음대로 하도록."

백리운의 허락이 떨어지자, 그의 주위에 있던 무인들이 넓게 퍼지며 자리를 마련해 주었다. 다들 무인들이니만큼 이 둘의 싸움을 두 눈으로 직접 보고 싶었던 것이다.

스르릉.

고무진이 흑원검을 뽑으며 물었다.

"맨손으로 하실 생각이오? 그때 보니, 도에도 일가견이 있는 것 같던데."

"무기보다는 손이 좋더군."

"좋을 대로 하시오."

고무진이 검을 사선을 뻗고선 서서히 기세를 키웠다.

바람이 불지 않는데도 장포 자락이 찢어질 것처럼 펄럭였다.

그리고 그의 몸은 서서히 검과 하나가 되어 갔다.

초상승의 검도(劍道), 신검합일(身劍合一)이었다.

찌릿찌릿!

단순히 그가 검을 뻗고 있음에도 백리운의 피부가 아려 왔다.

'제법이군.'

천월도 자극받은 것인지 어느 순간 전신을 휘감았다.

"먼저 들어가겠소."

"얼마든지."

백리운의 말이 떨어지기 무섭게 고무진이 땅을 박차고 달려들었다.

순식간에 모든 거리를 지우면서 동시에 검을 휘둘렀다. 그의 검에서 진한 묵빛의 검기가 새어 나오고, 금세 그의 몸을 뒤덮었다. 그리고 그는 그 검기를 두른 채 백리운을 향해 몸을 갖다 박았다.

대대로 우원보의 대표에게만 전수되는 묵원십이검(墨元十二劍) 중의 하나인 만종우검(萬宗遇劍)이었다.

그런데 그 대기를 찢는 살벌한 검초가 백리운의 앞에 도달한 순간…….

쾅!

씻은 듯이 사라지며 고무진의 얼굴이 벼락처럼 땅에 꽂혔다. 그리고 그 위로 백리운의 주먹이 아른거렸다.

"……."

순식간에 찾아온 정적.

정말 너무 순식간에 벌어진 일이라 다들 한동안 눈만 멀뚱히 뜨고 있다가 뒤늦게 상황 파악을 하고 웅성거리기 시작했다.

그러나 백리운은 그 웅성거림 속에서 고무진만 조용히 내려다봤다.

"이제 만족하나?"

고무진은 땅바닥에 박혀 있는 머리로 희미하게 끄덕였다. 그걸 본 백리운은 피식 웃으며 돌아섰다.

"이만, 물러가지."

하지만 다들 자기들끼리 떠드느라 백리운의 목소리는 듣지 못했다. 그에 백리운은 조용히 빠져나가려다가 문득 눈에 들어온 탑을 보고 멈춰 섰다.

그 소란스러운 주변이 느껴지지 않을 만큼 탑에 온 신경이 집중됐다.

'그 자리를 물려받을 준비는 끝났소. 기다리고 계시오, 회주.'

* * *

하루 종일 사사천구가 뜨겁게 달아올랐고, 그 분위기는 밤이 되어도 지속되었다.

한데 그 속에서 사사천구의 대표들이 한자리에 모였다.

장소는 우당각.

백리운은 그 가운데에 있는 의자에 앉아 낮은 지대에 서 있는 다른 세 대표를 내려다보았다.

"내가 이리 부른 이유를 어느 정도 짐작하고 있을 것이라 생각한다."

"소가주가 사사천구를 통일했는데, 굳이 회주를 몰아내겠다는 이유는 무엇이오?"

나시우가 고개를 갸웃거리며 정중히 물어오자, 백리운이 피식 웃었다.

"내가 회주가 되면 말을 높이겠다더니."

"사사천구를 통일했으니 이미 회주가 된 것이 아니오?"
"하지만 담대천은 순순히 회주 자리를 넘겨줄 생각이 없는 것 같다."
"그건 회주 마음대로 할 수 있는 일이 아니오. 차기 회주가 결정되면 현재 회주는 무슨 일이 있어도 물러나야 하는 법. 이제는 담대천이라 불러야겠지. 담대천의 나이가 이미 팔순을 넘었소. 그럼 나이도 더 이상 회주를 할 수가 없소."
"규율로만 따지면, 내가 장로원의 승인만 받는다면 담대천을 몰아내고 그 자리에 앉을 수 있지."
애초에 백우회의 회주는 팔순을 넘으면 자동으로 차기 회주에게 권한이 넘어간다. 그래서 회주의 나이가 팔순이 되는 해에 차기 회주 경합도 치러지는 것이다. 그런데 현재 권좌에 앉아 있는 회주가 물러서지 않겠다고 하면 사사천구 전체가 나서서 그 회주를 몰아낼 수 있다는 규율이 있다. 지금껏 한 번도 시행되지 않은 규율이지만, 명백히 규율이긴 했다.
"이미 장로원에는 신청을 했고, 조만간 장로원의 승인이 떨어질 것이다. 그때가 되면 나는 주저 없이 회주를 칠 것이다. 내 뜻에 반대하는 사람이 있다면, 지금 의견을 내도록."
그 말에 나시우와 고무진의 고개가 자연스럽게 담무백에게로 향했다. 아직까지도 붕대를 칭칭 감고 있는 담무백은 그 시선을 느끼고는 고개를 숙였다.
"걱정 마시오. 서쪽 땅은 무슨 일이 있어도 소가주를 따를 것이오.”

“흥, 그 말을 어찌 믿지? 앞에선 믿는다고 따르고 뒤에선 담대천과 손을 잡을지 어떻게 아느냔 말이지.”

나시우가 툭 쏘아붙이자 담무백은 씁쓸히 웃었다.

“그럴 만한 이유가 있소. 소가주를 따를 수밖에 없는 이유.”

“그게 뭐지?”

“내 입으로 얘기하기엔 창피하구려.”

그러자 이번에는 자연스럽게 백리운을 향해 시선이 옮겨 갔다. 하지만 이미 담우록에게 그 일을 공개하지 않기로 약속한 바, 백리운은 말하지 않으려 했다. 그런데 담무백이 돌연 그 일을 끄집어냈다.

“부끄럽지만 아버님께서 인륜을 저버리는 짓을 하셨소. 자신의 손녀인 가은이를 비의 몸을 얻기 위한 실험체로 사용했소.”

“가은이라면, 담우록의 여식을 말하는 건가?”

“그렇소.”

나시우가 쯧쯧 혀를 찼다.

“제정신이 아니군. 그럼 그쪽이나 그쪽의 형은 그걸 보고만 있었단 말인가?”

“우리가 알았을 때는 이미 늦었소. 가은이는 실패했고, 부작용으로 평생을 어린아이 지능으로 살아야 했소.”

“그래서 세상에 한 번도 드러나지 않았던 거였군.”

묵묵히 듣기만 하던 고무진도 슬쩍 입을 열었다.

"어쩐지 이름만 들었지, 실제로 본 적은 없소이다."

"평생을 숨겨 두었소. 그래서 이름은 알아도 정작 가은이의 모습을 본 자는 없었소."

나시우가 한심하다는 듯이 쏘아붙였다.

"대단하군, 대단해. 비와 상종을 하는 것도 큰일이건만, 그놈들의 몸을 얻으려고 하다니."

"아버님은 백우회의 권좌를 더 누리고 싶어 했소. 하지만 나이가 허락하지 않았소. 규율이 아니더라도 노화로 인한 늙은 몸은 날이 갈수록 쇠퇴해졌소. 그래서 비의 육신을 얻고 새로운 몸으로 태어나려고 했던 것이오."

"자신의 손녀까지 실험체로 사용할 정도면, 관계가 없는 다른 사람들은 얼마나 데려다가 연구했을까?"

"그렇진 않소. 아버님은 그저 같은 핏줄인 사람에게만 시험을 했던 것이오."

나시우가 휙 고개를 돌리며 매몰차게 말했다.

"더럽군."

하지만 담무백은 아무 말도 하지 못하고 고개를 숙였다. 어느새 그의 표정은 새카맣게 죽어 갔다.

그때 고무진이 백리운을 향해 물었다.

"소가주께서는 이 사실을 진즉부터 알고 있었던 것이오?"

"그래. 담가은은 며칠 전부터 이곳 우당각에 머무르고 있다. 그리고 그 실험의 실패로 어린아이 같았던 지능은 다 회복하고 원래대로 돌아왔다. 평생을 어린아이 지능으로 살아서 아직 그 때의 행동이 습관처럼 몸에 배어 있지만, 그래도 지능은 나이에 맞게끔 갖춰졌다."

"소가주가 고친 것이오?"

"일비가 고쳤다. 그렇다고 그놈들과 손을 잡은 것은 아니다. 삼비와 사비는 내 손에 죽었고, 일비는 지금 행방이 묘연하다. 그리고 오비는 이곳에 없고 육비는 내 부하의 칼에 죽었다. 마지막으로 이비는 담대천의 손에 죽었다."

말이 끝나기 무섭게 다른 세 대표의 눈이 휘둥그레 뜨였다. 꽤나 놀란 듯했다.

"비들을 완전히 쳐낸 것이오?"

"일비만 잡으면 그리되겠지. 하지만 다른 비들마저 죽은 마당에 그놈 혼자 뭘 할 수 있을까? 그나마 살아 있는 오비는 흑우방에 있다. 게다가 그놈의 본거지는 이미 담대천에게 점령당해서 되돌아갈 곳도 없다."

"그래도 잡아야 하지 않겠소?"

고무진이 걱정스러운 눈빛으로 묻자 백리운이 고개를 끄덕였다.

"잡아야지. 하지만 지금은 그보다 담대천이 문제다. 담대천이 그놈들의 본거지를 장악해서, 이제 담대천의 몸도 비처럼 변하게 될 거다."

"그 양반, 집착이 심하군. 그렇게까지 해서 그 몸을 갖고 싶나?"

나시우가 툭 내뱉자 고무진이 덤덤히 고개를 끄덕였다.

"그들의 몸이라면, 충분히 그럴 만하오. 솔직한 얘기로 아무 조건 없이 저에게 그 몸을 준다고 하면 저는 받을 의향이 있소이다."

현음신군이라는 별호가 무색하게 느껴지는 말이었다. 하지만 그 말에 토를 다는 사람은 없었다. 한편으로는 같은 생각을 하고 있었기 때문이다.

백리운이 슬쩍 입을 열었다.

"그 얘기는 여기서 끝내라. 이제야 정상으로 돌아온 괜한 사람만 다칠 수 있다."

"그 얘기를 하려면 먼저 비에 대한 존재부터 알려야 하는데, 그럼 백우회는 큰 혼란에 빠질 것이오. 그러니 저 역시 이곳에서 덮어 두는 걸 찬성하는 바이오."

"어쩔 수 없지. 지금처럼 회주와의 결전을 앞두고 괜한 혼란을 만들 필요는 없겠지. 어차피 쫓아낼 명분도 있겠다."

나시우까지 동의를 하자 담무백이 송구스럽다는 듯 입을 열었다.

"고맙소."

"뭐, 그런 약점을 잡고 있으면 대해문이 빼는 일도 없겠다. 난 찬성이오. 담대천을 잡읍시다. 그런데 장로원이 승인을 해 주지 않으면 어떻게 할 생각이오? 그동안 장로원과 소가주의 사이는 꽤 나빴던 걸로 아는데."

백리운이 걱정 말라는 듯 손을 저었다.

"장로원의 수장이었던 냉우덕은 비들의 손에 죽었다. 그래서 지금 수장 자리는 비어 있는 상태지. 아마, 서로 수장을 하려고 난리를 치고 있을 것이다."

"그럼 그 난리가 진정될 때까지 기다릴 것이오?"

"그럴 리가 있나? 장로원에도 내 사람이 있다."

"금창보의 보주인 낙위붕을 말하는 것이오?"

백리운이 고개를 끄덕였다.

"그래, 그자를 장로원의 수장에 앉히고 승인을 받을 것이다."

"나머지 장로들이 반발하지 않겠소?"

"반발하면 바꿔야지. 어차피 그대들과 연관된 장로들도 있지 않은가? 자네들이 나서서 진압하게나. 그리고 군소리 없이 낙위붕을 장로원의 수장으로 만들어라."

"그럼 나머지 한 자리는 누굴 앉힐 생각이오? 본래, 장로원은 한 사람에 휘둘리지 않게 수장을 두 명 두는 것이 아니오?"

"한 명으로 간다."

그러자 고무진이 유난히도 크게 침음을 흘렸다.

"흐음. 소가주가 원하는 대로 해야겠지요."

"말이 나온 김에 부상자는 빼고 자네 둘이 가서 장로원을 정리해 주었으면 하는데."

그 말에 고무진과 나시우가 서로를 쳐다보며 한마디씩 내뱉었다.

"그래도 시일이 걸릴 것이오."

"장로원 하나에 우리 둘까지 갈 필요가 있소?"

백리운이 고개를 끄덕였다.

"오늘 하루에 장로원을 정리하고 이틀 내로 승인을 받아 오도록. 그러려면 사사천구의 대표가 두 명 정도는 필요하겠지."

장로원이 아무리 무명유실이라 해도 엄연히 규율을 관장하는 곳이다. 그런 곳을 정리하기 위해서는 사사천구의 대표들이 가는 것이 맞았다.

"알겠소."

"그러도록 하겠소."

그 둘은 기다렸다는 듯이 몸을 돌려 우당각 밖으로 걸음을 옮겼다. 그리고 그들이 나가자 백리운은 혼자 있게 된 담무백을 똑바로 쳐다봤다.

"담우록과는 이미 얘기가 끝났다."

"소가주께서 최대한 배려를 해 주셨다고 들었소."

"그럼 내 배려에 보답을 해야겠지? 행여나 담대천을 앞에 두고 이상한 짓을 벌였다간……."

"그 점은 걱정하지 않아도 되오. 그런데 한 가지 전할 말이 있소."

"전할 말?"

백리운이 의아하게 되묻자 담무백이 헛기침을 내뱉다가 말했다.

"형님께서 대답을 들어오라 하셔서. 지난번 만났을 때 가은이에 대해서 얘기를 했다고……."

"하아, 내 처소에 또 누가 머무는지 들었을 텐데?"

백리운이 골치 아프다는 듯이 이마를 쓰다듬었다.

"저는 상관없소이다. 개인적으로 형님의 의견에 찬성는 쪽이니."

"알겠다. 생각해 보겠다고 전해라."

붕대 속에 가려진 담무백의 입꼬리가 활짝 올라갔다.

"알겠소, 그리 전하리다. 조만간 좋은 소식을 기다리겠소."

* * *

사사천구와는 다른 방식으로 장로원이 떠들썩했다. 한광후와 냉우덕이 죽으면서 열 명이 되어 버린 장로들은 지금 서로 수장 자리를 맡겠다며 각을 세우고 있었다. 예전처럼 중심이 될 만한 이물은 없고 다들 고만고만한 사람들뿐이니, 제대로 결론이 날 리 없다.

'쯧쯧쯧. 이러니까 장로원이 사사천구 사이에 끼어서 제대로 힘을 못 쓰지.'

그 속에서 낙위붕은 팔짱을 끼고 그들을 한심하다는 눈길로 바라봤다. 그는 이 싸움에 크게 관심이 없었다. 어차피 모든 것은 백리운의 뜻대로 될 것임이 뻔했다.

'백날 네놈들끼리 싸워 봐라. 어디 결론이 나나.'

그때였다.

쾅!

장로원의 문을 힘차게 열어젖히며, 안으로 나란히 두 사람이 들어왔다.

하얀 옷을 입고 여인처럼 고와 보이는 얼굴의 젊은 사내, 나시우와 통나무처럼 몸이 두꺼운 중년의 사내, 고무진이었다. 둘 모두 사사천구의 대표인 만큼 장로들이 못 알아볼 리 없었다. 한데 전쟁 직전까지 갔던 그 두 명이 함께 나타난 것이 아닌가?

장로들은 모든 싸움을 멈추고 의아한 눈빛으로 그들을 바라봤다.

하지만 나시우는 그 눈길들을 싹 무시하고 장로원 한가운데에 있는 탁자 앞에 섰다. 그 탁자 위에는 수많은 서류들이 널브러져 있었는데, 그중에는 일전에 백리운이 올린 서류도 끼어 있었다.

나시우는 그 서류를 집어 들며 미간을 찌푸렸다.

"하여간 뭐가 중요한지 사리분별을 못하는군. 이러니까 장로원이 무시당하고 사는 거다."

그가 모욕적인 언사를 내뱉어도 장로들은 쉽게 입을 열지 못했다. 그나마 저들에게 대꾸를 할 수 있던 자들은 냉우덕이나 한광후였는데, 그들이 없으니 장로들은 입을 꾹 닫았다.

'썩어 빠진 놈들.'

나시우가 그들을 노려보며 상석에 비어 있는 두 자리로 다가가 그중 한 자리에 앉았다. 그제야 장로들이 움찔거리며 슬슬 입을 꿈틀거리기 시작했다. 하나 뒤이어 고무진까지 그 옆 자리에 앉자 장로들은 가만히 있을 수밖에 없었다.

"회주님의 명령을 받고 장로원을 정리하러 왔다."

"정말 회주님이 그런 명령을 내렸습니까? 지난 수십 년 동안 회주님은 장로원의 일에 개입한 적이 없습니다만."

누군가 되묻자 나시우의 고개가 그쪽으로 향했다. 눈을 부리부리 뜨고 있는 설립표 장로였다.

"예전의 담대천 회주였다면 그랬을지도 모르지. 하지만 오늘부로 새로운 회주가 탄생했다. 장로들도 그런 소식쯤은 들었을 거라고 생각되는데."

"설마 백리운을 말하는 겁니까?"

"회주의 존함을 함부로 말하는군."

나시우가 눈을 쭉 찢으며 노려보자 설립표가 재빨리 손을 저었다.

"아, 아닙니다. 제가 실수를 했습니다."

"새로운 회주께서 첫 번째 명령을 내리셨다. 그 명령은 지금 당장 장로원의 수장을 뽑는 것이다."

"하지만 장로원의 수장을 뽑는 것은 쉬운 일이 아닙니다."

"그래서 새로운 회주께서는 특별히 한 사람을 추천했다."

"한 사람이오? 장로원의 수장은 둘이어야 합니다. 그래야지

규율을 정당하게…….”

“한 사람이다. 그리고 앞으로 장로원은 그 한 사람이 이끈다.”

그 말이 끝나기 무섭게 장로들이 살벌한 표정을 지으며 자리에서 벌떡 일어섰다.

“그 무슨 말도 안 되는 소리요!”

“지금껏 어떤 회주도 장로원의 일에 참견한 적은 없소.”

“엄연히 사사천구와 장로원의 일은 분리되어야 하는 법! 사사천구의 대표들이 이리 와서 으름장을 놓는 것도 잘못된 일이오.”

사방에서 쏟아져 나오는 신경질적인 목소리 속에서 낙위붕만이 제자리에 앉아 조용히 듣기만 했다.

“아무리 새로운 회주가 탄생했다 하더라도 이럴 수는 없는 법이오.”

“맞소. 그동안 백우회가 지켜 온 전통을 훼손하는 일이오.”

그때였다.

나시우가 천천히 고개를 들며 낮게 읊조렸다.

“시끄럽군.”

그 조용한 한마디가 장로들의 입을 틀어막았다. 그래도 마음에 안 드는지 나시우는 눈에 힘을 잔뜩 주고선 장로들의 얼굴을 한 명씩 훑어봤다.

“지금 회주님의 명령을 거부하겠다는 건가?”

“그, 그동안 장로원의 수장은 장로원에서 뽑았는지라…….”

"그동안 어떻게 해 왔는지 알고 싶지 않다. 새로운 회주가 새로운 방식으로 하겠다는데, 무슨 말들이 그리 많지?"

그때 고무진도 옆에서 한마디 거들었다.

"장로원이 독자적으로 움직여 왔어도 결국엔 백우회 안에 있소. 그리고 회주님은 백우회를 총괄하시는 분. 그분이 명령을 내리면 아무리 장로원이라도 따라야 할 것이오."

"들었지? 불만 있는 사람은 지금 말하도록."

두 대표가 말하는데 누가 함부로 싫다고 할까? 장로들은 비참한 기색으로 고개를 푹 숙였다.

"아무도 없다는 걸로 알겠다. 그럼 회주님께서 추천한 장로를 발표하지."

이 장로원에서 백리운과 연결이 돼 있는 사람은 딱 한 명뿐이다.

"금창보의 낙위붕 보주. 저자는 회주님이 추천한 인물로, 앞으로 장로원을 이끌어 갈 새로운 수장이다."

장로들은 고개를 무겁게 푹 떨궜다. 그동안 자신들이 수장을 차지하기 위해 해 왔던 수많은 노력이 허투루 돌아가는 순간이었기 때문이다.

그에 반면, 낙위붕은 기다렸다는 듯이 일어서서 사방에 포권을 취했다.

"감사합니다. 앞으로 장로원을 잘 이끌어 가도록 하겠습니다."

그 말을 들은 장로들은 나시우와 고무진의 눈치를 보며 어색하게 웃었다. 지금 그들의 속은 그 어느 때보다 심각하게 썩어 들어가고 있었다.

그 모습을 보고 있자니 실소가 절로 흘러나왔다.

'그러게 줄을 잘 섰어야지.'

낙위붕이 입꼬리를 쭉 올리며 웃었다. 그리고 그때, 그의 귀로 나시우의 전음이 들어왔다.

[이 탁자 위에 회주가 낸 서류가 있을 것이다. 그걸 찾아서 하루 속히 승인을 내려 주도록.]

[안 그래도 그 서류에 신경 쓰고 있었소.]

[그 서류를 봤는데도 별로 놀라지 않은 것 같군.]

[그분과 함께 있으면 무슨 일이라도 놀라지 않을 수밖에 없소. 매일같이 상식을 깨고 움직이는 분이니…….]

나시우가 피식 웃었다.

'하긴, 본교를 단신으로 쳐들어오는 것도 상당히 놀랄 일이었지.'

* * *

대로변도 한가해질 만큼 밤이 깊었다. 보통 이때가 되면 바로 앞이 보이지 않을 정도로 어둡기 때문에 사람들의 발길을 찾아보기 힘들다. 그런데도 당당히 길을 걷고 있는 사내가 있었다.

하얀 장포를 입고 머리카락을 길게 늘어트렸다. 그리고 얼굴선이 날카로워 밤 분위기와 묘하게 어울려 보이기도 했다.

백우회에서 도망친 일비였다.

지금 그가 밟고 있는 길은 귀주성(貴州省)의 성도인 귀양(貴陽)의 중심을 가로지르는 길이다. 그리고 귀양에 있는 흑우방의 본거지로 향하는 길이기도 했다.

처음에는 그래도 성도 중심에 나 있는 길이라고, 양옆에 다양한 건물들이 있었지만 어째 안쪽으로 들어가면 들어갈수록 길옆이 한가해졌다. 급기야는 삼십 장을 넘게 걷도록 건물 한 채 나오지 않았다.

그러다가 문득 저 멀리 희미하게 보이는 검은 성채를 보았다.

'다 왔군.'

지금이야 작게 보인다지만, 가까이 가면 태산과도 비교할 만큼 거대한 곳일 것이다.

당연히 그럴 수밖에 없었다. 그곳은 백우회와 유일하게 비견되는 곳인 흑우방이었으니.

한데 흑우방을 앞두고 일비가 옆으로 빠졌다. 울창한 수풀만 가득해서 길이라고는 찾아볼 수도 없는 곳이었다. 그런데 그는 능숙하게 걸음을 옮기며 어디론가 향했다.

'인적이 없다. 오비는 아직 오지 않은 건가?'

일비는 그곳을 향해 수풀을 헤치며 작은 공터로 들어섰다.

그리고 그 순간 눈을 부릅뜨고는 그 자리에서 멈춰 섰다.

"……."

오비의 얼굴이 보인다. 하지만 오비의 몸이 보이지 않는다.

잘린 머리가 그 공터의 한가운데에 놓여 있었다.

그걸 발견하기 무섭게 사방에서 시끄럽게 울어 대던 풀벌레 소리가 뚝 끊겼다.

정적이 시작됐다.

간간히 바람 소리만 들려올 뿐, 밤공기는 조용했다.

"누구시오?"

일비가 자신 없는 목소리로 물었다.

그런데…….

"비 중에서 가장 강하다더니…. 대단하군. 내 기척도 알아채고."

등 뒤에서 부드러운 목소리가 넘어 오며 어둠을 뚫은 진한 사람 그림자가 자신을 덮쳤다. 분명 자신의 뒤에서 서 있는 것이리라.

"그대는 누구시오?"

"염백이라고 한다."

그 이름을 듣고도 일비는 당황하지 않았다. 흑우방에서 오비를 이리 만들 수 있는 사람은 오직 그뿐이란 걸 알고 있었기 때문에 어느 정도 정체를 예상하고 있었다.

"살아 돌아왔다는 소식은 들었소. 그런데 흑우방으로 돌아왔다는 소식은 듣지 못했소만……."

"그동안 흑우방을 되찾느라 꽤나 바빴거든."

"오비를 이리 만든 것을 보니, 성공적으로 흑우방을 되찾은 것 같소."

"그래. 그리고 저 머리는 그 기념으로 만든 작품이기도 하지. 마음에 드나?"

"예술 감각이 형편없는 것 같소."

어깨 너머에서 피식 웃는 소리가 넘어왔다.

"나도 그리 생각한다. 그런데 언제까지 그러고 있을 생각이지?"

"그대가 나의 뒤를 점하지 않았소?"

"그래서 계속 앞만 보고 있는 건가?"

"오비를 이리 만든 것을 보면 나를 보자마자 죽일 줄 알았는데, 왜 지금까지 살려 두는 것이오?"

"자네가 나에게 주라고 한 마령흑우불상 때문이지. 이건 그 값이라고 생각해."

그 말에 일비가 천천히 뒤돌아섰다.

그곳에는 정갈하게 다듬은 머리카락과 선명한 얼굴선을 가진 젊은 사내가 서 있었다. 언뜻 봐도 남자다워 보이는 인상이었다.

흑우방의 대공자, 염백이었다.

그는 일비의 얼굴을 보자마자 한쪽 눈썹을 들썩였다.

"그렇게 생긴 인물이었군. 늘 궁금했어. 도대체 누가 오비를 보내 흑우방을 휘저어 놓으라고 시켰는지 말이야."

"오비에게 다 들은 것이오?"

"그런 셈이지."

"쉽지 않았을 텐데."

"그놈도 결국엔 사람이더군."

굳이 말하지 않아도 어떤 방식으로 알아냈는지 짐작이 갔다.

"오비는 저리 잔혹하게 죽여 놓고 나를 이리 살려 둔 이유가 무엇이오? 여기서 기다린 것을 보면 나에게 볼일이 있는 것 같은데."

"처음에는 네놈도 가차 없이 죽여 버리려고 했지. 하지만 따로 생각해 보니 네놈도 쓸모가 있는 것 같단 말이지."

일비가 의외라는 듯이 물었다.

"내가 말이오?"

"쓸모가 많지. 백우회에 대한 정보는 거의 다 알고 있을 테니 말이야. 하지만 무슨 소용 있겠나? 어차피 그런 것들을 알아봐야 백리운이 있는 이상은 백우회를 쉽게 이기지 못할 텐데."

"사비에게 대충 들었소. 두 사람이 이전부터 아는 사이 같다고 하던데……."

염백이 고개를 한 차례 끄덕였다.

"무한에 있을 때부터 서로에게 유일한 친구였지."

"참 재밌구려. 백우회의 회주와 흑우방의 방주가 친구라니."

염백이 그 말을 무시하고 품속에서 구겨진 종이 한 장을 꺼냈다.

"오비의 품을 뒤져 보니 이런 게 있더군."

이곳에서 만나자고 일비가 보낸 서찰이다. 아무래도 저 서찰을 읽고 이 장소를 알아낸 듯했다.

"그리도 나를 만나고 싶어 했소?"

"세상일이란 건 모르는 걸세. 나를 흑우방에서 쫓아내도록 지시한 자가 나에게 마령흑우불상까지 건네라고 지시하다니 말이야."

"지금도 후회하는 중이오."

그 말에 피식 웃은 염백이 구겨진 서찰을 눈으로 쭉 읽어 내려갔다.

"여기에 적힌 내용대로라면 자네는 백우회에서 쫓겨난 거 아닌가?"

"그대 친구에게 쫓겨났소이다."

"그래, 나도 그놈이 그런 엄청난 힘을 숨기고 있는지 몰랐지. 그러다가 제갈세가에서 크게 당했지."

"갑자기 그 얘기를 하는 이유가 무엇이오?"

"그게 내가 아직까지 자네를 살려 두고 있는 이유지."

일비가 건조한 목소리로 되물었다.

"나에게 할 말이라도 있으시오?"

"우리 손을 잡지 않겠나? 백리운을 처리할 때까지만 말이야."

전혀 의외의 말이 나오자 그 건조하기만 한 일비의 눈빛이 크게 흔들렸다.

"그리도 백리운이 신경 쓰이오? 나와 손을 잡을 만큼?"

"제갈세가에서 한번 부딪쳐 본 적이 있다. 나는 상대도 안 되더군."

"지금은 마령흑우불상의 비밀을 푼 것 아니오? 그 안에 담긴 흑우신의 힘으로도 상대할 수 없다고 느껴지오?"

"그건 아니다만, 쉽게 우위를 점할 수 없는 것도 사실이기는 하지. 아마 백리운과 내가 싸운다면, 승패와 상관없이 어느 쪽이든 큰 피해를 입을 것이다. 말 그대로 양패구상이 되겠지."

어느 정도 공감이 가는 말이었다. 지금 눈으로 보고 있어도 염백의 힘의 깊이가 가늠되지 않았다. 너무도 힘의 차이가 명백해서 먼 하늘에 떠 있는 구름처럼 높게만 느껴졌다. 꼭 백리운을 마주한 기분이었다.

"나와 손을 잡는다고 백리운을 이길 수 있을 것 같소?"

"자네가 일 하나만 해 주면, 충분히 백리운의 심기를 뒤흔들 수 있다고 생각하네."

"그리 자신 있게 말하니 궁금하구려. 나는 백리운이 회로 돌아오고 나서 온갖 방법을 다 써 봤소. 하지만 그는 전혀 빈틈을 보여 주지 않았소."

"그건 네가 백리운에 대해 한 가지 모르는 사실이 있어서 그런 거지."

일비는 주저 없이 말했다. 지금 자신이 선택할 수 있는 것은 많지 않았기 때문이다.

"내가 해 줄 일이 무엇인지 말해 보시오."

"잘 생각했어. 보아하니 백우회는 이미 백리운의 손에 떨어진 것 같은데, 자네가 딱히 할 수 있는 일은 많지 않아 보이는군."

"그런데도 나에게 시키겠다는 것이오?"

"내가 백우회로 들어갈 순 없으니까. 그리고 너희들은 백우회의 지리를 잘 알고, 그동안 숨어 생활한 만큼 충분히 자신을 감출 수 있으니까."

"백우회로 돌아가는 일이오?"

염백이 고개를 끄덕였다.

"백우회로 돌아가서, 등화린이라는 소저를 납치해 오면 된다."

"등화린이라면, 제천검원 원주의 여식 말이오?"

"그래. 최대한 정중히 모셔오도록."

일비의 눈빛이 알 수 없다는 듯이 흔들렸다.

"어째서 그 소저를 노리는 것이오? 그깟 소저 하나에 백리운이 흔들릴 거라 보시오?"

"그것까지 일일이 말할 필요 있나?"

"백리운의 처소에는 이미 다른 두 소저가 있소. 그런데 그 두 소저를 놔두고 다른 사람을 노리는 게요?"

"지금 백리운의 옆에 누가 있든, 결국 백리운이 원하는 사람은 딱 한 명뿐이다."

"그게 등화린이란 말이오?"

"이제 알겠으면 어서 가서 데려오도록."

일비가 잠시 입을 닫고선 곰곰이 생각하다가 이내 다시 물었다.

"그대가 꼭 직접 가지 않는 이유라도 있소?"

"이제야 흑우방을 되찾았는데 다시 자리를 비울 수는 없는 법. 그리고 내가 가면 백리운은 본능적으로 느낄 것이다."

"등화린을 납치해 오면 나에게 이득이 되는 거라도 있소?"

"내가 백리운을 처리하면 네놈이 다시 백우회를 장악하면 되는 것 아닌가?"

"……."

일비는 아까부터 무언가를 계속 생각하고 있는 듯 염백의 말을 들을 때마다 멈칫거렸다.

"무슨 생각을 그리하고 있지?"

"별거 아니요. 어쨌든 그대의 제의를 수락하겠소."

그 말에 염백이 손에 들고 있던 서찰을 버리고는 품속에서 흑단목을 깎아 만든 둥그런 패를 건넸다. 그 패에는 뿔이 크게 나 있는 소의 얼굴이 생생하게 박혀 있었다.

"이건 나를 상징하는 패이다. 이걸 그 자리에 남겨 놓으면 누가 등화린을 납치했는지 알고 서찰을 보내겠지."

일비는 그 패를 건네받으며 만지작거렸다. 그리고 아까부터 생각해 오던 걸 계속하는가 싶더니 이제야 결론이 난 듯 입을 열었다.

"내가 백우회를 차지하기 위해선 백리운뿐만 아니라 담대천도 없어야 하오. 그러니 백리운이 담대천을 처리할 때까지 기다리겠소."

"그럼 시간이 꽤 걸릴 텐데."

"백리운은 시간을 끌지 않소. 조만간 백리운이 회주를 칠 것이오."

염백이 미간을 모았다.

"행여나 회주가 백리운을 이길 리는 없겠지? 그럼 이 작전은 무용지물이 되어 버리는데."

"백리운의 힘을 직접 보고도 그런 소리를 하는 것이오?"

염백이 피식 웃으며 온몸이 찌르르 우는 걸 느꼈다. 그때 제갈세가에서 느꼈던 통증이 되살아나는 것 같았다.

"하긴 그런 힘은 회주로서도 어쩔 수 없겠지."

"머지않아 백리운이 이길 것이고, 그때가 되면 등화린을 납치해 오겠소."

"그래도 최대한 예의를 다해서 모셔오도록."

그 말에 알 수 없다는 고개를 저은 일비가 왔던 길을 되돌아가며 말했다.

"납치해 오라더니, 또 예의를 지켜라? 그대는 참 까다롭소이다."

그의 몸이 수풀 속으로 사라지고, 이 근방을 벗어나자 염백은 눈앞에 덩그러니 놓여 있는 오비의 머리를 발로 차 버렸다.

퍽!

머리통이 터져 나가며 핏덩이와 뼛조각이 사방으로 분산되었다.

염백은 보기 싫다는 듯 뒤돌아, 일비와는 반대 방향으로 걸음을 움직였다.

"미안하네, 친구."

과거 무한에 있을 시절, 백리운은 자신이 운영하는 청화루에만 들렀다. 그 이유는 오직 하나였다. 청화루에 기녀로 있는 다화, 그녀가 있기 때문이다. 그리고 그가 다화를 찾았던 이유도 하나다. 그녀가 자신이 좋아하는 등화린이란 소저와 많이 닮았기 때문이다.

백리운의 하나뿐인 친구로서 이러한 사실을 아주 잘 알고 있었다.

하지만 자신은 흑우방을 이끌어 갈 사람이다. 필요하다면 친구의 여자라도 이용해야 한다.

그는 혼잣말을 내뱉듯 중얼거렸다.

"나로서도 어쩔 수 없는 선택이었네."

이미 흑우방은 오비로 인해 많이 피폐해졌다. 게다가 자신이 흑우방의 전권을 잡는다고 사제들은 물론이고, 사제들을 깊이 따랐던 자들까지 쳐 냈다.

이런 상황에서 백우회와 붙는다면 필패일 것이다.

일비만 그런 게 아니라 염백 또한 남아 있는 선택권이 그리 많지 않았다.

보나 마나 내부 정리를 끝냈으면 밖으로 돌아올 터, 백리운은 반드시 흑우방으로 눈을 돌릴 것이다.

"그 전에 막아야 한다."

염백은 많은 생각을 하며 흑우방의 성채를 향해 한 걸음씩 움직였다.

제5장
마지막 절차

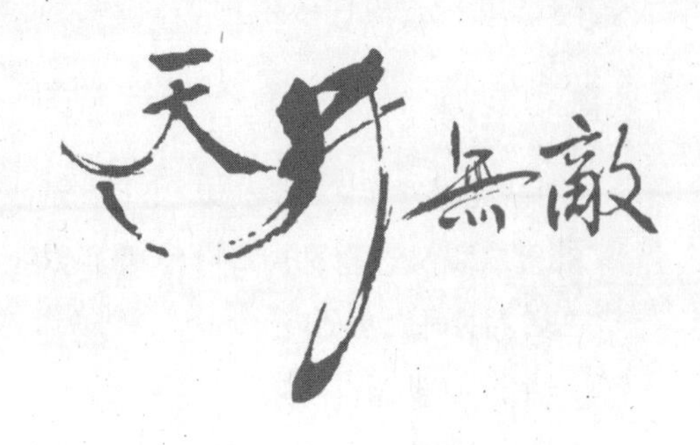

회주를 치기 위한 장로원의 승인은 형식적인 절차만이 남았다. 하지만 별 문제 될 건 없었다. 장로원의 수장인 낙위봉은 최대한 절차를 생략하고 쭉쭉 진행해 갔다.

하지만 그마저도 생략할 수 없는 절차가 하나 남아 있었다. 바로 회주인 담대천에게 최후의 통보를 하는 것이다. 이걸 빼먹는다면 아무리 그라도 승인을 내릴 수 없다. 혹시나 나중에라도 장로원에서 그런 통보를 보내지 않는 것이 밝혀진다면 그 모든 것은 무효가 되기 때문이다.

"흐음."

낙위붕은 머리가 아픈 듯 이마를 연신 문질렀다. 하지만 그의 앞으로 모인 장로들도 다를 바 없었다. 그들도 똑같은 고민으로 시름하고 있었다.

"누굴 보낼 생각이오?"

"꼭 장로를 보낼 필요 있소? 사사천구에서 사람을 구해 봅시다."

"최소한 장로급 이상의 인사가 움직여야 하오. 그런데 그 정도 되는 인물이 우리를 대신해서 불구덩이에 뛰어들겠소?"

천 명이나 되는 백우십성단의 무인들을 뚫고 담대천에게 나가라는 통보를 내린다면, 과연 담대천이 가만히 있을까? 그런 곳으로 가고 싶어 하는 사람은 없을 것이다.

"사사천구의 대표 정도는 되어야 안심이 될 것 같소."

"동쪽 땅은 이제 회주가 되었으니 제외하고……."

"차라리 서쪽 땅의 대표를 보내는 게 어떻소? 설마 담대천이 자기 자식을 죽이겠소?"

"담무백은 아직 상처가 낫지 않았다고 들었소. 아직까지도 요양 중이라고 하오."

"그럼 담우록이 있지 않소?"

그 말에 다들 눈치만 보다가 조용히 낙위붕을 향해 고개를 돌렸다.

"장로들은 담우록을 보내는 것이 좋다고 생각하오?"

"담우록이 아니라면 누굴 보내든 위험할 것이오."

낙위봉이 고개를 끄덕였다.

"알겠소. 내가 말해 보리다."

그때 장로원의 문이 열리며 고무진이 들어오더니, 장로들이 모여 있는 탁자 앞에 섰다.

"남쪽 땅은 출전 준비가 끝났소. 그래서 언제 승인이 떨어지나 알아보러 왔소이다."

"우리도 마지막 절차를 남기고, 나머지 절차는 끝이 났소."

낙위봉의 표정을 본 고무진이 물었다.

"마지막 절차에 무슨 문제라도 있소?"

"담대천에게 장로원의 직인이 찍힌 서류로 최후의 통보를 해야 하오."

고무진이 알겠다는 듯이 고개를 끄덕였다.

"통보를 하지 않으면 그냥 내쫓은 게 될 터. 그것도 꽤나 골치 아픈 일이겠소."

"장로원 측에서는 담우록 장문인을 보낼 생각이오만……."

"차라리 내가 가겠소."

낙위봉이 눈을 크게 뜨며 되물었다.

"정말이오? 그래도 담우록이 가면 자기 아들을 어찌하지 못할 것이니……."

그 말에 고무진이 고개를 저었다. 그는 이미 담대천이 자신의 손녀까지 희생시킨 전과가 있기 때문에 담우록을 보내 봤자 소용없다는 걸 알았다.

"담우록을 보내 봤자 달라질 건 없소. 그냥 내가 갔다 오리다."

"대표께서 그리 말해 주니 고맙소이다."

장로들은 자리에서 일어나 재빨리 통첩을 작성하기 시작했다.

* * *

한편, 우당각에서 고무진이 간다는 소식을 보고받은 백리운이 눈을 치켜떴다. 그에 이 소식을 전하러 온 낙위붕이 재빨리 말을 이었다.

"다른 사람을 보내겠습니다."

"아니다. 누가 가든 결과는 똑같을 것이다."

"하면 장로원의 통첩을 고무진 대표에게 전하겠습니다."

"통보를 하는 것 말고는 다른 절차가 또 있나?"

"없습니다. 통보가 마지막 절차입니다."

"그럼 통첩을 보내기 전에 사사천구의 무인들을 집결시켜 놓아야겠군. 거절하면 곧바로 쳐들어갈 수 있도록."

그것은 고무진을 살리기 위한 방편이었다. 그리고 그 뜻을 알아들은 낙위붕이 읍을 하고선 우당각을 나섰다. 그러자 백리운이 앉아 있는 의자 뒤에서 나설란이 조용히 걸어 나왔다.

"이제 곧 끝이 나겠군요."

"그런 셈이지."

"그 뒤로는 어쩔 생각이죠?"

"거기까지는 아직 생각해 본 적이 없다."

"그래요."

나설란이 돌연 두 손을 만지작거리면서 뜸을 들였다. 그걸 본 백리운이 슬쩍 물었다.

"할 말이라도 있나?"

"그때가 되면, 등 소저를 부르실 건가요?"

"……."

그 말에 백리운이 말없이 그녀를 쳐다봤다.

"그때, 등 소저가 찾아온 걸 소가주도 봤잖아요."

"그랬지. 그리고 둘이 무슨 얘기를 했는지 알려 주지도 않았지."

"별얘기 안 했어요."

"별얘기 아니면, 나에게 말해 줘도 괜찮지 않나?"

갑자기 나설란이 방긋 웃었다.

"소가주는 참 알 수 없는 사람이에요. 여기서 가끔 사람들을 대할 때 보면 굉장히 오만해 보이는데, 지금은 또 이렇게 살살 캐묻고 있네요. 그렇게 궁금해요?"

"조금은."

"말해 줄까요?"

"아까부터 말해 달라고 이리 캐묻고 있지 않나?"

입을 가리고 피식 웃은 나설란이 나긋나긋 몸을 흔들며 입을 열었다.

"우리가 과연 무슨 얘기를 했을까?"

"둘 사이의 공통점이라고는 나밖에 없을 테니, 내 얘기를 했겠지."

"으음, 맞아요. 소가주 얘기를 했죠."

"뭐라고 했지?"

"그게 그리 신경 쓰여요?"

백리운이 반대쪽으로 고개를 돌렸다.

"별로."

"소가주가 왜 등 소저를 밀어내고 있는지 그 이유를 말해 줬어요. 그리고 지금 소가주의 마음도 얘기해 줬죠."

백리운은 고개를 돌린 자세 그대로 굳어 버렸다.

"내 마음을 말했다니?"

"자신의 옆에 있으면 등 소저가 위험해질까 봐 밀어내는 거 아니었어요?"

"……."

"그렇다고 무작정 밀어내기만 하면 어떻게 해요. 등 소저가 많이 지쳐 있었잖아요."

"그래도 말하지 말지."

그 말에 나설란의 눈빛이 흔들렸다. 하지만 이내 꾹 참고 다시 활짝 웃었다.

"걱정 많이 하고 있을 거예요."

"그래도 가까이 두는 건 위험하지."

"어차피 이제 다 끝나 가잖아요. 한 번쯤 보고 오는 것도 나쁘지 않을 것 같아요."

"……."

무슨 생각을 하는지 백리운은 대답이 없었다.

"그리고 저도 이만 보내 주세요."

"스스로 남겠다고 하지 않았나? 그새 마음이 바뀐 건가?"

"저도 이만 제자리로 돌아가야지요. 언제까지 이곳에 있을 순 없잖아요."

"제자리라……."

백리운이 손가락을 매만지며 그 말만 되뇌었다.

* * *

꼬박 하루가 지났다. 그 하루 사이에 백우회 전체가 움직였다고 할 수 있을 정도로 수많은 무인들이 한곳으로 몰려들었다.

백우회의 중심에서 올곧게 솟아 있는 탑.

그 탑이 있는 순연의 땅 주변으로 사사천구의 무인들이 각 땅의 방향에서 탑을 에워싸고 있었다. 그리고 각 구역의 무인들이 몰려 있는 곳 앞에는 의자가 하나씩 놓여 있었다. 지금은 비어 있지만, 그 자리가 각 땅을 대표하는 자들의 자리임을 모르는 이는 없었다.

뒤늦게 백리세가를 나와서 순연의 땅으로 향하던 백리운은 길 옆에 나 있는 제천검원의 입구를 보고 걸음을 멈추었다.

이미 제천검원의 검사들마저 순연의 땅 주변에 모여 있는 터라, 그곳은 휑하니 비어 있었다. 그런데 저 멀리 제천검원의 중심에 있는 운학동에서 작은 인기척 하나가 느껴졌다.

지닌 기운으로 가늠해 본바, 등평부는 아니었다.

'화린인가?'

백리운은 입구에서 서성거리며 고민했다.

이대로 지나쳐야 하나, 아니면 나설란이 말한 대로 한번 들르는 게 좋을까?

이내 결심을 한 듯 걸음을 옮겼다.

'어차피 오늘 하루만 지나면 모든 일이 끝이 날 것이다. 그때 가서 봐도 늦지 않겠지.'

그가 향한 곳은 사사천구의 무인들이 구름떼처럼 모여 있는 순연의 땅이었다.

백리운이 순연의 땅을 밟는 순간, 어수선하고 소란스러운 분위기가 순식간에 가라앉았다. 그와 동시에 비어 있는 의자로 대표들의 모습이 나타났다.

그런 대표들을 훑던 백리운의 시선이 고무진 앞에서 멈췄다.

"담대천이 딴 수라도 부리면 그냥 바로 내빼도록."

"알겠소."

고무진이 의자에서 일어나 미리 준비해 온 통첩을 한 손에 꽉 쥐고는 탑을 향해 다가갔다.

쾅!

그 단단한 철문이 고무진의 주먹질 한 방에 나가떨어졌다.

탕!

탑 안으로 발을 내딛는 순간, 차가운 쇳소리가 크게 울려 퍼졌다.

"음?"

탑 안으로 들어간 고무진은 저 멀리 어둠이 짙은 곳에서 자신을 바라보고 있는 담대천을 보았다. 그리고 담대천의 좌우로 다섯 명씩 서 있는 백우십성단의 단주들도 보았다. 그런데 그런 그들 뒤로 생전 처음 보는 자들도 있었다.

얼추 여덟 명 정도 되는 인원이 담대천의 뒤에서 나란히 서 있었다. 그리고 그들은 눈에서 살벌한 안광을 쏟아내고 있었다. 또한, 그들은 체격마저도 고무진을 압도했다. 마치 바위를 갖다 박은 것처럼 우락부락한 근육은 보는 것만으로도 위화감이 들었다.

'저들이 천무팔인인가?'

고웅천이 죽고 나서 우원보의 보주에게만 전해지는 기밀 서적을 보았다. 그곳에는 이 탑을 각 층마다 지키고 있는 것들이 자세히 쓰여 있었다. 그래서 고무진이 저들의 정체를 알아본 것이다.

'생각할 수 있는 이지가 없다더니, 지금은 담대천의 말을 잘 듣고 있는 것 같군.'

기록에 따르면 천무팔인은 회주의 영패를 갖고 있지 않은 자만 보면 미친 듯이 달려든다고 했다. 그런데 지금은 담대천의 뒤에서 얌전히 서 있는 게 아닌가?

'어쩌면 내 생각보다 더 위험할지도…….'

고무진은 내색하지 않고 다가가 담대천의 앞에 똑바로 섰다.

이곳에는 짙은 어둠이 드리워져 있어, 꼭 그림자 속에 몸을 맡긴 기분이었다.

"새로운 회주이신 백리운 소가주께서 보내는 통첩이오."

담대천은 그가 내민 문서를 보고도 손을 내밀지 않았다.

"나보고 떠나라는 건가?"

"조용히 방구석으로 물러난다면 굳이 떠날 필요 있겠소?"

"그러기엔 너무 늦었다고 생각하지 않나?"

"지금이라도 물러난다면 백리운 회주께서는 최소한의 예의를 갖출 생각은 있는 것 같소. 이리 절차를 다 지키는 것만 봐도 그렇지 않소?"

담대천이 피식 웃었다.

"그 망나니 자식이 이리 내 앞길을 막을 줄은 몰랐네. 백우회로 돌아와서 오 년 전처럼 사고만 치고 다닐 줄 알았는데……. 아니지, 사고는 사고인가? 이렇게 회주 자리를 차지하려고 나를 압박하는 걸 보면 말이야."

"조금은 말을 조심하는 것이 어떻소?"

그 말에 담대천이 가소롭다는 듯이 웃었다.

"아직까지 회주는 나일세. 그러니 자네도 태도를 조심 좀 해 주게나. 다른 사람도 아니고, 현음신군이라 불리던 자네가 그리 강하게 몰아붙이니, 꽤나 당황스럽네."

"어찌 몰아붙이지 않을 수 있겠소? 백우십성단의 단주들로도 모자라 천무팔인까지 세워 놨는데 말이오."

"천무팔인을 알아보다니."

고무진이 그 말을 무시하고는 돌돌 말려 있는 문서의 양 끝을 잡고 쫙 폈다. 그러곤 그 안에 적힌 글씨를 또박또박 읽어 내려갔다. 아니, 읽어 내려가는 순간이었다.

눈앞에서 한 줄기 검광이 뚝 떨어지며 그 문서를 반으로 갈랐다.

그런데도 고무진은 놀란 눈을 하고 그 검을 휘두른 자를 가만히 쳐다보기만 했다.

'흑성단의 단주, 유도엽.'

그가 이토록 놀란 이유는 하나였다. 유도엽이 선보인 검의 움직임이 생각보다 빨랐기 때문이다.

'설마…….'

아무리 백우십성단의 단주라지만, 사사천구의 대표에 비견될 수는 없는 법.

그런데도 자신이 놀랄 정도로 뛰어난 움직임을 보였다는 것은 딱 한 가지 방법으로밖에 설명이 되지 않았다.

"결국 일비나 다른 비처럼 그 괴물 같은 육신을 얻은 것이오?"

"걱정 말게. 우리는 그놈들처럼 이 몸을 함부로 쓰지 않을 테니."

담대천의 조롱하는 듯한 말투에 고무진은 인상을 구겼다.

"자기 손녀까지 실험체로 사용하더니, 끝내 그 몸을 얻고 말았구려."

"나쁜 건 비 놈들이지, 비의 몸들이 아니야."

"내가 보기엔 비들이나 그쪽이나 다를 바 없어 보이오."

"어차피 자네나 나나 다 똑같은 목적으로 사는 거 아닌가? 이 모든 것이 백우회의 왕좌에 앉기 위함이 아닌가? 다만 그 과정이 자네와 다르다고 해서 나를 죄인 취급하면 곤란하네."

"궤변이오. 지금 그대가 하는 말은 결국엔 스스로를 합리화하는 것일 뿐이오. 더 이상 추악한 모습 보이지 말고 물러서시오. 그것이 규율이오. 새로운 회주가 정해지면 이전의 회주는 물러서야 한다."

"규율? 언제부터 그런 거에 신경 썼다고. 그리고 그런 건 보기 좋으라고 만들어 놓은 것뿐이다. 봐라! 어차피 백우회에서 가장 중요한 차기 회주는 힘으로 뽑은 게 아니냐? 강한 자가 정상에 오르고, 모든 걸 갖는다. 백우회에서 지금껏 지켜진 규율은 오직 그거 하나뿐이다."

"그래서 물러나라는 최후의 통보를 거부하는 것이오?"

담대천이 눈에 힘을 주며 말했다.

"이 자리는 강한 자만이 앉는 것. 원한다면 와서 직접 가져가라고 전해라."

"지금 이 주변을 사사천구의 무인들이 둘러싸고 있소. 그런데도 상대가 될 것 같소?"

"나에게는 백우십성단이 있지. 그리고 여섯 명만으로도 백우회를 좌지우지했던 비의 육신이 지금 단주들과 내 몸에 살아 있다. 내가 보기엔 사사천구 전체가 움직여도 충분히 가능성이 있다고 보는데……."

"정녕 해보자는 것이오?"

담대천이 하얀 이를 드러내며 말했다.

"껄껄. 전쟁은 이미 시작됐다네."

그 말이 끝나기 무섭게 탑의 바깥에서 비명 소리와 함성 소리가 뒤엉켜 들려왔다.

"무슨 짓을 한 것이오?"

"기습이라고 할까?"

고무진은 그제야 이곳에 백우십성단의 무인들이 보이지 않다는 걸 깨달았다.

"백우십성단의 무인들을 숨겨 놓은 것이오?"

"기습은 이미 시작됐다네. 우리도 시작해야 하지 않을까?"

"아무리 백우십성단이라도 사사천구 전부를 상대할 수 없는 법이오. 여기 있는 단주들이 합류한다면 끝까지 모를 일이지."

담대천이 씩 웃으며 말을 이었다.

"너희들의 실력을 직접 보여 주거라."

"웃기오. 누가 그런 걸 실력이라 부른단 말이오? 스스로 한계를 극복하지 못해서 다른 방… 흡!"

뾰족한 창끝이 사선으로 찔러 들어오며 바닥을 내리찍었다.

콰!

그 철로 이뤄진 바닥이 박살 나며 고무진을 향해 철 조각이 튀었다.

차차차창!

고무진은 흑원검을 뽑음과 동시에 풍차처럼 한 바퀴 돌려 그 철 조각들을 쳐 내고는 몸을 힘껏 뒤로 물렸다. 그런데 물러난 위치를 노리고 강하게 휘둘러지는 쇠몽둥이가 나타났다.

까앙!

흑원검을 세워 막은 고무진은 하마터면 흑원검을 통째로 놓칠 뻔했다.

'무시무시한 힘이군.'

손아귀가 찌르르 울리며 새빨갛게 달아올랐다. 하지만 그는 한가롭게 그 통증을 해소할 시간이 없었다. 양옆에서 두 공세가 허공을 거칠게 쓸어 올리며 다가오고 있었기 때문이다.

하나는 다리에서부터 옆구리까지 쓸어 올릴 기세였고, 다른 하나는 반대쪽의 똑같은 부위를 노렸다.

하나 고무진은 당황하지 않고 바닥을 쭉 미끄러지면서 그곳을 쏙 빠져나갔다. 그러고는 자신이 있던 자리로 흑원검을 휘둘렀다.

까강!

흑원검의 몸통으로 그 두 공격에 꽂혔다. 그 순간 흑원검이 혀를 낼름거리듯 강렬한 열기를 토해 냈다.

화아아!

그 열기를 머금은 흑원검이 꿈틀거리며 온 사방에 묵빛 검기를 뿌렸다. 그가 익힌 묵원십이검(墨元十二劍) 중의 한 초식인 일추악검(鎰追惡劍) 펼쳐지는 순간이었다.

그 기다랗고 얇은 검기들이 채찍처럼 휘어지는가 싶더니 앞서 다가오는 단주 세 사람의 정면을 후려쳤다.

차차창!

무섭게 달려들던 세 단주가 각자의 무기를 내밀며 막았다. 하지만 그럼에도 검기에 실린 힘을 버텨내지 못한 듯 꽤 멀리 뒷걸음질 쳤다.

그중에서 유도엽이 고개를 바짝 치켜들며 물었다.

"단순한 검기인 줄 알았더니, 우원보가 자랑하는 일원강기(一元罡氣)였나?"

검기를 무수히 중첩시켜서 강기의 위력을 만드는 우원보만의 독특한 방식이었다.

하지만 고무진은 어떠한 대답도 하지 않고 몸은 뒤로 빼면서 검만 앞으로 찔러 넣었다.

퍄퍄퍄퍄퍗!

일직선으로 연달아 뽑아져 나오는 묵색의 검기들.

마치 흑원검이 길게 늘어난 것처럼 보였다.

묵원십이검 중의 하나인 묵아검섬(墨亞劍閃)이었다.

그걸 본 무야패가 앞으로 나서며 창을 앞으로 찔러 넣었다.

챙!

창끝과 검기의 끝이 맞부딪쳤다.

한데 그 순간, 그 반동을 이용해 고무진이 몸을 뒤로 내뺐다. 처음부터 이걸 노린 것처럼 문을 향해 몸을 내던진 것이다.

들어오면서 문을 뜯어 버렸으니 입구는 뻥 뚫려 있었다.

고무진은 그 뚫린 입구를 통과해서 밖으로 나왔다. 백우십성단의 무인들과 사사천구의 무인들이 뒤엉켜 싸우고 있었다. 수는 사사천구의 무인들이 많으나 백우십성단의 무인들이 기습을 한 터라 팽팽하게 동수를 이루고 있는 것처럼 보였다.

쇄애애액!

등 뒤에서 들려오는 날카로운 파공음.

그에 고무진은 몸을 날리며 입구를 비켜섰다. 그러자 백우십성단의 단주들이 밖으로 나와 사방으로 흩어졌다.

그들은 비와 똑같은 육신을 가짐으로써 그들 개개인이 사사천구의 대표에 맞먹는 힘을 가지고 있다. 저런 자들 열 명이 참여한다면 전장의 판도는 순식간에 뒤바뀔 것이다. 문제는 저들을 개개인이 상대할 만한 고수가 사사천구 쪽에서는 부족했다.

'단주들이 저 정도인데 담대천은 얼마나 강해졌을까?'

그것이 관건이었다.

백우십성단의 무인들이 뒤에서 기습을 해올 때만 하더라도 나시우는 의자에 가만히 앉아 있었다. 그들보다 신경 쓰이는 기운이 탑 안에 도사리고 있었기 때문이다.

그리고 얼마 지나지 않아 고무진과 함께 밖으로 나온 단주들을 보고 그제야 의자에서 일어섰다.

'비처럼 육신이 바뀌었다더니…….'

그들의 달라진 기세를 보고 나시우가 뒤로 손을 뻗자 구월도가 의자 뒤에서 치솟아 오르며 그의 손에 잡혔다.

얇고 반듯하게 뻗어 있는 새파란 도.

그 도를 움켜쥔 나시우가 단박에 땅을 헤집고 앞으로 뛰쳐나갔다.

쾅!

그대로 구월도와 함께 몸을 들이박았다.

그 상대는 청성단의 단주, 무야패다.

한데 무야패는 피하지 않고 무섭게 쇄도하는 나시우의 몸을 맞부딪쳤다.

퍽! 무야패가 비틀거리며 한 걸음 물러섰다. 하지만 나시우도 표정이 편치만은 않았다.

'아무리 비의 육신을 얻었다지만 단 며칠 만에 이리 강해질 수 있단 말인가?'

그때 나시우의 뒤에서 유도엽이 온몸을 내던지며 질풍처럼 검을 휘둘렀다.

챙!

구월도를 뻗어서 그 끝으로 유도엽의 검 중간을 눌렀다. 평소라면 그 밀어내는 힘을 감당하지 못하고 검을 놓쳤을 것이라. 그런데 지금은 구월도에 맞서 조금도 밀리지 않았다.

그에 자신감을 얻었는지, 유엽도가 눈을 치켜뜨며 도발했다.

"나 하나 밀어내지 못하는 것을 보면, 사사천구의 대표도 예전만 못한 것 같소."

그 말에 피식 웃은 나시우가 몸 안에 잠들어 있는 미중유의 거력을 끌어 올리며 구월도와 함께 몸을 뒤로 물렸다. 그러고는 금세 자신에게 달려드는 무야패와 유도엽을 향해 구월도를 둥그렇게 휘둘렀다.

구월도를 따라 허공에 피어난 푸른빛의 초승달들.

현월도법의 일초식, 현월진천이 펼쳐진 것이다.

채채채채채챙!

순식간에 온몸을 덮쳐 오는 현월강기들 때문에 무야패와 유도엽은 더 이상 거리를 좁히지 못하고 그것들을 쳐 내기 바빴다.

"크흑!"

"읍!"

두 사람 모두 손목이 끊어질 것처럼 아파 왔다. 저 초승달 모양의 강기를 쳐 낼 때마다 팔 전체를 관통하는 묵직한 충격이 쌓여 갔다.

"더 지껄여 보아라."

나시우가 돌연 구월도를 번쩍 들어 올리더니 일직선으로 내리찍었다.

쾅!

땅바닥을 내려친 구월도의 끝에서, 바짝 선 초승달 모양의 푸른 강기가 앞으로 데굴데굴 굴러갔다.

그걸 본 유도엽은 심상치 않음을 느끼고 몸을 옆으로 뺐으나, 무야패는 피하지 않고 창을 크게 휘둘러 현월강기의 한가운데를 강하게 후려쳤다.

쩌엉!

그 자리에서 현월강기가 터져 나가고 무야패의 몸이 빙글빙글 돌며 뒤로 쭉 미끄러졌다.

"크악!"

다리를 뒤로 쭉 빼며 겨우 멈춰 선 무야패의 손에는 날이 반쯤 나가 버린 창이 너덜너덜해진 채 쥐어져 있었다. 그런데 창을 쥐고 있던 두 손에선 아무런 감각도 느껴지지 않았다.

"제길……."

손이 부르르 떨리며 창을 제대로 쥐고 있기도 힘들었다. 그래도 점차 나아지는 것이 한순간의 현상인 듯했다. 하지만 그렇다고 충격이 쉽게 가시는 건 아니었다.

'이, 이 몸을 얻고도 사사천구의 대표에게 밀리다니.'

나시우가 미중유의 거력과 현월도법까지 얻었다는 사실을 모르는 무야패는 순전히 그가 원래부터 그리 강한 줄 알았다.

"겨우 그 정도로 엄살을 피우는 것이냐?"

나시우가 몸을 날리며 무야패와의 거리를 단숨에 좁혀 들어갔다. 한데 그의 앞에 도달한 순간 나시우는 자신의 옆구리로 들어오는 섬뜩한 기운을 느끼고는 우측으로 몸을 틀었다.

촤악!

옆구리를 스치는 한 줄기 검광.

유도엽이 비호처럼 달려들며 검을 휘두른 것이다.

"흐음."

나시우는 좌측 옆구리를 매만지며 침음을 삼켰다. 다행히 겉만 베인 듯 큰 통증은 없었다.

"어디서 그런 무공을 익혔소? 그건 현월교의 무공이 아닌 것 같은데…….”

“흥! 내가 그걸 네놈에게 일일이 설명해야 되나?”

나시우가 몸을 들이밀며 그와의 거리를 지웠다. 그러고는 구월도를 세차게 휘두르며 현월도법을 연달아 펼쳐 그 두 사람을 몰아붙이기 시작했다.

하지만 상대는 비의 육신을 가진 백우십성단의 단주들이다. 그들은 쉽게 밀리지만은 않았다.

* * *

백아사천의 네 문파들 중에서도 손에 꼽히는 고수들이 두세 사람씩 뭉쳐야지만 단주 한 사람을 상대할 수 있었다. 그들을 혼자서 상대할 수 있는 사람은 오직 사사천구의 대표들뿐이었다. 그래도 그들이 그렇게나마 단주들 대부분을 상대하고 있는 덕분에 전장의 판도는 어느 한쪽으로도 기울지 않았다.

그리고 그 거대한 혼란 속에서 백리운만은 의자에 앉아 차분히 탑만 바라보고 있었다.

‘생각보다 강해졌군. 그래도 우리 쪽이 수가 훨씬 많다. 이대로 둔다면 자연스레 승기를 잡을 터. 이런데도 그곳에서 나오지 않을 생각인가, 담대천?’

비들이 위협적이었던 이유는 그들이 음지에서 사람을 조종하고 다녀서이지, 이렇게 사사천구 전체를 맞붙으려고 해서가 아니었다. 백리운은 그 사실을 잘 알기에 지금처럼 사사천구의 무인들을 한데 모아 정면으로 부딪친 것이다.

'담대천, 그대는 비들의 진정한 힘을 잘못 꿰뚫어 봤다. 그들은 절대 자신을 드러내지 않고 아주 치밀하게 계획을 짜 왔지. 그리고 사람들이 원하는 걸 주고, 자신의 뜻대로 부려 먹었다. 그것이 그들의 진정한 힘이었지. 그들의 무력은 그저 그런 걸 뒷받침해 주기 위해 존재했던 것뿐.'

그때였다.

탑을 지켜보던 백리운의 눈초리가 길게 찢어졌다.

'드디어 나서려는가?'

사방이 시끄러운 전쟁 통 속에서 기묘한 발소리가 선명하게 들렸다.

저벅저벅.

그 발소리와 함께 담대천이 밖으로 나왔다. 하지만 그가 밖으로 나온 걸 알아챈 사람은 백리운밖에 없었다.

그를 보자마자 백리운이 의자에서 일어섰다. 그리고 약속이라도 한 것처럼 서로가 서로를 향해 다가갔다.

그 둘 사이의 거리는 꽤 멀었지만 신기하게도 아무도 그 사이로 끼어들지 않았다. 마치 그 둘만은 다른 세상에 있는 것처럼 보였다.

이윽고 서로의 거리가 팔만 뻗으면 닿을 수 있을 만큼 가까워졌다.

"기어코 그 몸을 얻은 것이오?"

"껄껄껄. 그랬네. 내가 예상했던 것보다 기분이 더 좋군. 능히 이런 소란을 일으킬 가치가 있었어."

"마음에 든다니, 다행이오. 그 몸을 얻자마자 죽어야 하는 것은 안타깝지만 말이오."

그 말에 담대천이 미소를 머금고는 안되겠다는 듯 고개를 저었다.

"일비는 그 몸으로 평생을 살아 놓고 나를 이기지 못했지. 그런 내가 비의 육신을 얻고 강해졌네. 지금 내 몸이 얼마나 강해졌는지 자네는 상상도 못할 걸세."

"담가은을 통해 어느 정도 예측할 수 있소. 그래서 하는 말이오. 그대는 나를 이길 수 없소."

담대천이 피식 웃었다.

"그대? 이제는 네가 회주라는 건가?"

"보다시피."

"회주라는 건 어차피 강한 자가 되는 걸세. 지금 저들이 나를 죽일 듯이 달려들지만, 내가 자네를 무너트리고 나면 금세 자네에게서 등을 돌릴 테지. 그게 세상의 이치고, 그게 백우회의 방식이지."

"아마도 내가 죽는다면 그럴 거라 생각되오. 내가 죽는다면 말이오."

그 말에 담대천이 잠시 그의 눈을 똑바로 들여다봤다.

"예전이었다면 그 자신감을 비웃었을 걸세. 그런데 지금 자네를 보게나. 사사천구를 통일하고 나에게 회주 자리를 내놓으라고 하고 있지. 그리고 일비도 자네가 힘을 숨기고 있는 것처럼 암시하더군."

"일비가 그랬소?"

"지금 자네를 보고 있자니, 번쩍 떠오르는 사실이 하나 있네."

"어떤 사실 말이오?"

"지금의 몸으로도 자네가 가진 힘을 가늠해 볼 수가 없어. 아무리 자네를 들여다봐도 자네가 가진 힘의 깊이가 보이지 않아. 몰론, 힘을 감추는 건 어렵지 않지. 하지만 그것도 상대와의 차이가 크지 않아야 가능한 걸세."

백리운이 입꼬리를 쭉 올리며 말했다.

"한 가지 경우가 또 있소."

"어느 경우 말인가?"

"가늠해 보려는 상대가 자신보다도 더 고수일 때. 그런 경우에는 상대가 힘을 드러내지 않는 이상은 가늠할 수가 없소."

그 말에 담대천이 가소롭다는 듯이 웃었다.

"만약 자네가 지금 내 힘을 느낄 수 있다면, 그런 소리는 입에 담지도 못했을 걸세."

"그렇소? 그 힘을 느껴 보기 전에 한 가지 물을 것이 있소."

"물어보게. 곧 이 모든 것을 잃을 사람에게 그 정도 호의는 베

풀어 주지.”

“언제부터 이 모든 것을 계획했던 것이오? 담가은만 봐도, 최소한 이십 년은 더 된 것 같은데.”

담대천이 긴 한숨과 함께 추억을 회상했다.

“아주 오래전부터 계획했지. 언제인지도 기억이 안 나. 아마 내가 회주가 되고 나서 비의 존재를 알게 되고 저 탑에 오르면서부터 그랬을 거야.”

“저 탑에는 뭐가 있소?”

“자네도 그게 궁금한가?”

“고웅천도 그렇고, 이비도 그렇고 저 탑에 오르기를 원하는 사람이 많은 것 같아 물었소.”

“백우회의 모든 것이 잠들어 있지.”

백리운이 고개를 갸웃거렸다.

“백우회의 모든 것?”

“아마 세상에 공개된다면 엄청난 혼란을 일으킬 걸세. 상상조차도 할 수 없는 것이 있지. 백우회의 근본이라고 해야 할까?”

“그럼 애초에 이비가 원하는 것은 없었소?”

“그런 건 세상 어디에도 없네. 죽은 사람을 되살릴 수 있다는 게 말이나 되나?”

“어쩌면 가능할지도 모른다고 생각했소. 상처를 치료해 주는 연못도 있으니.”

담대천이 고개를 저었다.

"쯧쯧. 자네도 이비의 망상에 같이 시달렸군."

"그냥 살짝 기대해 본 것뿐이오."

"그런가?"

"어쨌든 저 탑을 오르게 되면 곧 알게 될 내용들 아니오? 그러니 여기서 굳이 시간낭비 할 필요가 없다고 생각하오."

"껄껄. 오 년 전의 그 망나니가 여기 이 자리까지 올라올 거라고 누가 생각이나 했겠는가?"

담대천은 말을 하면서 하의 자락을 걷어내고는, 그 속에 숨어 있던 자신의 애병을 뽑았다.

스르릉.

검신이건 손잡이건 할 것 없이 온통 새하얀 검이었다.

만년의 빙하를 품고 있다는 전설 속의 신검.

일명 설검이라 불리는 빙백설검(氷白雪劍)이 바로 그것이었다.

"그 자태를 직접 보니, 참으로 아름답소."

"조심하게. 설검은 외양만 아름다운 것이 아니니."

그 말과 동시에 설검의 주변 대기에 살얼음이 끼었다. 거기서 담대천이 조금 더 힘을 주자 백리운의 눈앞까지 한기가 퍼져나갔다.

쩌어억.

담대천이 밟고 있는 땅은 물론이고 그 일대까지 새파랗게 얼어붙었다.

'대단하군.'

백리운은 자신이 밟고 서 있는 땅까지 얼려 버리는 그 한기를 보고 내심 감탄했다. 자신이 검사였다면 저 검을 탐냈을지도 모른다.

"이 세상에 두 자루의 신검이 존재한다고 하던데, 나머지 한 자루는 어디에 있소?"

"저기 있지 않은가?"

담대천이 말을 하며 고개를 돌린 방향엔 고무진이 단주들과 치열한 사투를 벌이고 있었다.

"어쩐지 범상치 않은 검이라 생각했소."

"이미 흑원검을 맛봤다면 이제는 설검을 맛볼 차례군."

담대천이 설검을 들고선 천천히 걸음을 움직였다.

한 걸음, 두 걸음…….

어느새 거리는 일 장이 채 되지 않았다.

"지금 같은 상황에서 내가 배분이 더 높다고 삼 초식을 양보해 달라는 생각은 아니겠지?"

"그럴 리가 있겠소? 원하면 내 쪽에서 삼 초식을 양보하리다."

"나도 거절하지."

담대천이 덤덤히 미소를 지으며 기운을 폭발적으로 끌어올렸다.

끝을 모르고 치솟아 오르는 기운.

그리고 그 기운을 고스란히 받아 낸 설검도 더 짙은 한기를 토해 냈다.

쏴아아아!

눈에 보일 정도로 한기가 진해졌다.

백리운의 옷자락에까지 얼음 알갱이가 송송들이 맺혔다.

그럼에도 그가 표정 변화 하나 없자 담대천은 미간을 찌푸렸다.

"그럼 가겠네. 어디, 지금처럼 잘 버텨 보게나."

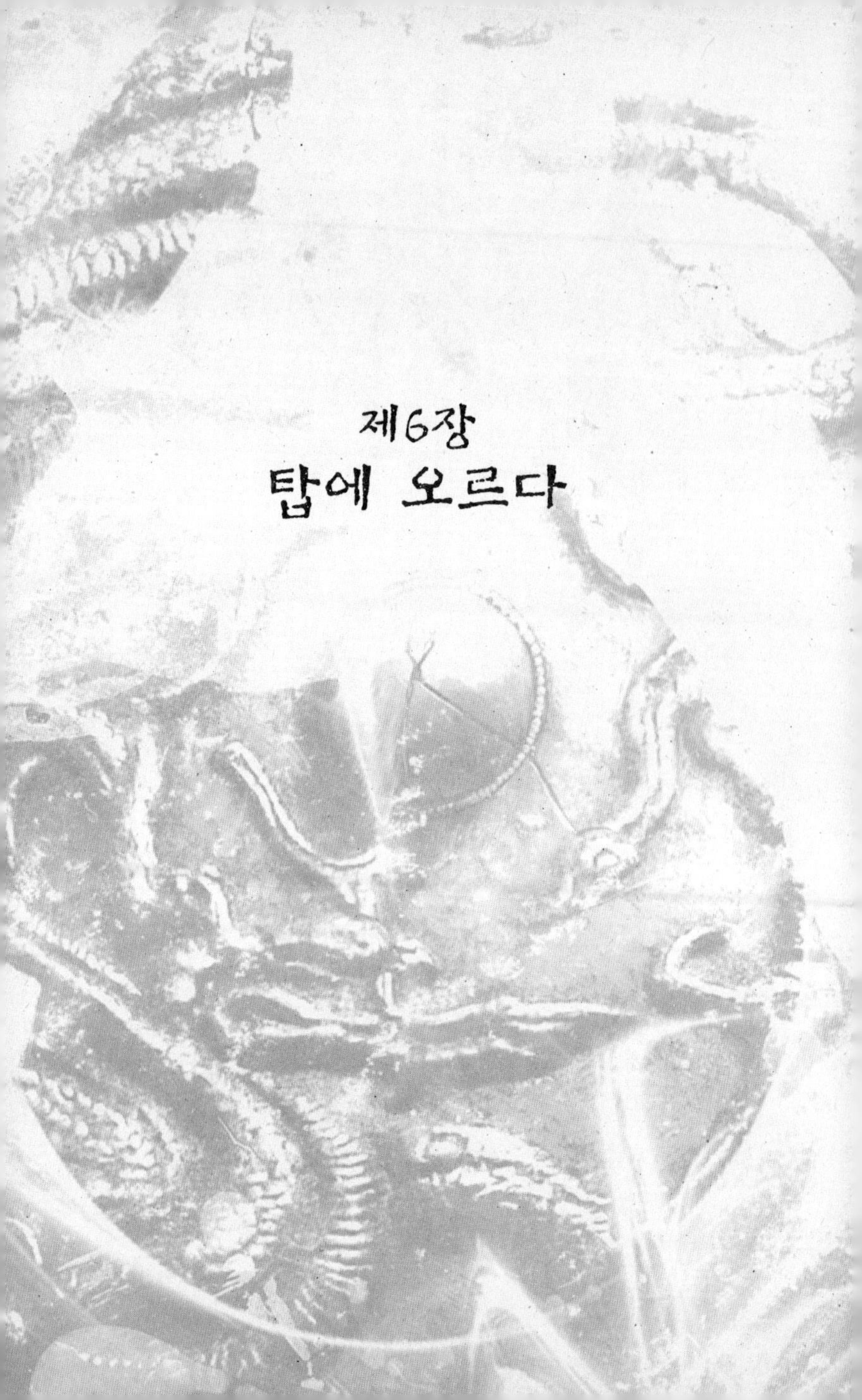

제6장
탑에 오르다

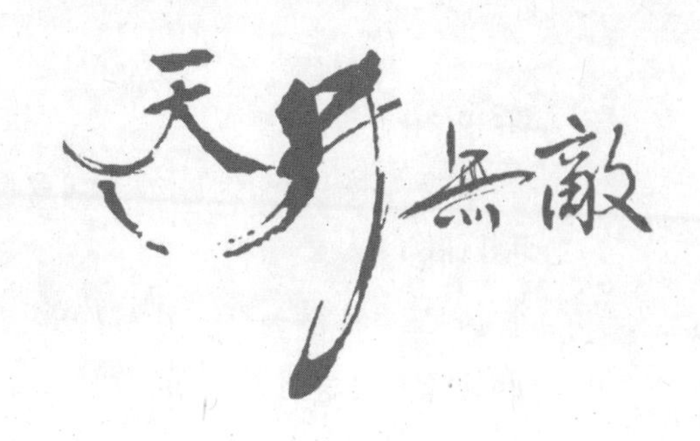

담대천의 신형이 일직선으로 솟구쳐 올랐다. 한 마리의 비조처럼 끝없이 비상할 것 같았던 그의 신형이 아득한 높이의 공중에서 멈추었다. 그래서 백리운이 올려다본 순간, 그의 몸이 태양과 겹쳐 보였다.

눈이 부시다. 햇빛에 가려 담대천의 모습이 제대로 보이지 않았다.

그 순간 담대천에게서 어마어마한 기의 파동이 일어나는 걸 느낄 수 있었다.

휘이이이!

날카로운 휘파람 소리와 함께 한데 뭉친 수백 가닥의 강기가 떨어져 내렸다.

마치 파도처럼 큰 물결을 이루고 떨어진다.

대해삼십이검 중의 한 초식인 대천검파(大天劍波)였다.

콰콰콰콰쾅!

순식간에 백리운의 전신을 먹어 치우고 땅바닥에 내리꽂혔다. 그와 동시에 흙먼지가 들썩이며 크게 부풀어 올랐다.

하나 담대천은 멈추지 않고 계속해서 대해삼십이검을 펼쳐 갔다.

차분히 일 초식부터 삼십이 초식까지 쉬지 않고 펼쳤다.

콰콰콰쾅!

수십, 수백 가닥의 검강이 소낙비처럼 떨어져 내리며 먼지 속으로 들어갔다.

먼지 구름은 끝없이 커져만 갔고, 하늘에서 떨어지는 검강은 그칠 줄을 몰랐다.

그것은 주변에서 치열한 사투를 벌이는 사람들의 이목을 죄다 끌어모을 만큼 무시무시한 공세였다.

심지어 고무진조차 넋을 잃고 바라봤다.

"……!"

대해삼십이검은 대해문 최고의 검법.

그 검법을 비의 육신을 얻은 담대천이 펼쳤으니, 위력은 상상을 초월할 것이다.

빛살처럼 떨어지는 검강만 봐도 하늘을 가르고 땅을 부술 기세였다.

저걸 어찌 사람의 몸으로 견딜 수 있을까?

그 광경을 본 다른 자들의 얼굴도 경악으로 물들었다.

사사천구의 무인이든, 백우십성단의 무인이든 상관하지 않았다. 그들은 서로에게 겨누던 칼끝을 내려놓고 회주가 펼치는 대해삼십이검에 시선을 빼앗겼다. 그리고 그들은 지금 전쟁 중인 것도 잊고 뭐에 홀리기라도 한 것처럼 먼지구름이 피어나는 곳 주위로 몰려들었다.

콰앙!

마지막으로 한 가닥의 강기가 강하게 내려쳤다. 동시에 먼지구름 밖에까지 땅바닥에 금이 퍼져 나갔다.

쩌어억.

그 금이 멈춘 곳으로 담대천이 착지했다.

"끝난 것 같군."

먼지구름 안에서 기척이 느껴지지 않았다. 그걸 다른 사람도 느낀 것인지 일순간 온 사방이 조용해졌다.

그때였다.

쉬아아앙!

길게 늘어지는 파공음이 울리더니 먼지 구름 속에서 반달 모양의 강기가 튀어나왔다.

번- 쩍!

그야말로 섬전이 따로 없었다.

모습을 드러낸 순간 허공에 기다란 빛줄기를 남기고는 백우십성단의 무인들을 반으로 갈랐다.

서걱!

한데 뭉쳐 있던 수십 명의 인원이 동시에 두 동강 나며 잘린 몸이 미끄러졌다.

비명을 지를 틈도 없이 모든 것이 순식간에 벌어진 일이다.

모두가 놀란 눈을 하고 그곳을 바라보고 있을 때, 또다시 먼지 구름 속에서 반달 모양의 강기가 쏜살처럼 튀어나왔다.

쓰어걱!

섬뜩한 소리와 함께 그 강기가 스치고 간 백우십성단 무인들의 몸이 잘려 나갔다.

이번에는 팔을 베인 사람도 있었고 목을 베인 사람도 있었다.

"끄아아악!"

"으악!"

순식간에 비명 소리가 터져 나오며 아수라장으로 변했다.

그런데 그 비명 소리가 그치기도 전에 반달 모양의 강기가 사방으로 날아들었다.

콰콰콰쾅!

그야말로 아비규환이었다.

땅바닥에 처박힌 강기에 휩쓸려 몸이 터져 나간 사람도 있는가 하면, 몸이 통째로 날아간 사람도 있었다.

그에 멀쩡한 백우십성단의 무인들은 얼굴이 새하얗게 질려서 뿔뿔이 흩어지기 시작했다. 하지만 귀신같이 그들을 노리고 천월강기가 날아들었다.

서걱!

단번에 수십 명의 몸을 베어 버리고도 뒤에 있는 건물마저 무너트렸다.

그 무자비한 절삭력 앞에 멀쩡히 서 있는 사람은 없었다.

"으아아! 아, 안 돼!"

혼비백산하여 도망치는 사람들이 늘어났다. 그들 모두가 백우십성단의 무인들이었다. 하지만 채 몇 걸음 가지 못하고 번개처럼 꽂힌 천월강기에 몸이 잘려 나갔다.

참으로 신기했다.

사사천구의 무인들은 놔두고 정확히 백우십성단의 무인들만 베었다.

"이놈!"

자신들의 눈앞에서 부하들이 속절없이 죽어 나가자 단주들의 눈이 뒤집어졌다. 그들은 금방이라도 달려들 것처럼 소리쳤지만 담대천이 막는 바람에 몸을 날리지는 못했다.

"멈춰라!"

담대천은 차분히 먼지구름을 노려봤다.

어느새 미친 듯이 뿜어져 나오던 천월강기는 그쳤고, 먼지구름도 가라앉기 시작했다.

그리고 멀쩡한 모습으로 서 있는 백리운이 나타났다. 그는 입꼬리를 쭉 말아 올린 채 웃고 있었다.

그가 웃으니, 단주들의 분노는 목 끝까지 차오르다 못해 폭발하기 직전이었다.

부르르.

이를 바득바득 갈며 분노를 못 이기고 주먹을 떠는 이까지 생겨났다.

그런데 그들의 수장인 담대천은 귀신이라도 본 것처럼 얼굴이 새파랗게 질려서 멍한 눈으로 백리운만 쳐다보고 있었다.

저벅.

백리운이 한 걸음 내디뎌도 그는 그 자리에서 얼어붙은 것처럼 꼼짝도 안 했다.

뒤이어 두 번째 걸음, 세 번째 걸음을 내디디며 거리를 좁혀와도 담대천은 굳은 얼굴로 서 있기만 했다.

"내가 멀쩡한 게 그리 충격이었나?"

"……."

백리운이 말을 낮추어도 담대천은 눈썹 하나 움직이지 않았다.

"이제 와서 겁이라도……."

"천… 월……."

한 글자씩 비집고 나온 말.

일순간 백리운은 자신의 귀를 의심했다.

"지금 뭐라 그랬지?"

"천월이라 그랬다."

그 말을 듣는 순간, 백리운이 눈을 크게 떴다.

"그걸, 어찌 알았지?"

"어떻게 네놈이 그 힘을 가지고 있는 것이냐?"

"내가 먼저 물었다. 이 힘이 천월이라는 건 어찌 알았지?"

"어째서… 어째서 네놈이 그 힘을 가지고 있느냔 말이다."

담대천이 한 글자씩 곱씹으며 말해도 백리운은 자신의 말만 내뱉었다.

"아무리 생각해도 이해가 되지 않는군. 본가의 사람도 아니면서 어찌 이 힘을 아느냔 말이다."

"본가의 사람? 그리 말하는 걸 보니 네놈은 그 힘이 무엇인지 정확히 알고 있나 보군."

"그건 그쪽도 마찬가지인 것 같은데?"

돌연 담대천의 눈썹이 파르르 떨렸다.

"천월은 이미 수백 년 전에 사라진 줄 알았다. 이렇게 내 눈으로 볼 거라곤 상상도 못했지."

"이걸 어떻게 아는 거지?"

"내가 묻고 싶네. 그 힘을 어디서 얻었는지 말해 주겠나?"

"천월을 안다면, 이 힘의 근원이 어디인 줄도 알고 있을 텐데."

담대천이 잠시 뜸을 들이다가 말했다.

"묵천마교가 아닌가?"

"그래, 정확히 아는군. 묵천마교의 교주가 만든 비밀 장소가 있다. 그곳에 이걸 포함한 모든 것이 있지. 이제는 내가 묻도록 하지. 이 힘을 어떻게 알았지?"

그 질문에 담대천이 백리운을 빤히 바라봤다.

"자네는 아무것도 모르는 것 같군. 그것 말고는 몰라."

"뭘 모른다는 거지?"

"허허… 이런 일이 다 있다니. 천월을 얻으면서 묵천마교의 진전을 이어받아 놓고, 나보고는 어떻게 천월을 알고 있는지 묻다니."

백리운이 눈썹을 꿈틀거렸다.

"도대체 무슨 소리를 하는 거지?"

"껄껄. 그걸 쉽게 알려 줄 순 없지."

담대천이 대뜸 설검을 들이밀며 그 끝으로 목젖을 꿰뚫어 갔다.

설검이 형체를 잃을 정도로 빠르게 들어왔다.

하지만 백리운이 고개를 뒤로 젖히며 간단히 피해 내자 담대천은 몸과 함께 설검을 다시 들이밀었다.

쐐아아!

한기를 뿌리며 찔러 들어가는 설검이 이번에도 목젖을 노렸다. 한데 그보다 빠르게 설검의 아래에서 손이 불쑥 튀어나왔다.

그 늙수그레한 손이 은밀하게 다가와 단박에 멱살을 잡아챘다.

"음?"

멱살이 잡힌 백리운은 자신의 목 언저리까지 들어온 설검을 맨손으로 움켜쥐었다.

그걸 본 담대천이 입꼬리를 쭉 찢었다.

"드디어 미쳤군! 설검을 맨손으로 잡다니."

차가운 얼음 알갱이가 순식간에 백리운의 손을 뒤덮었다.

한데 그 순간 살얼음이 끼인 백리운의 손에서 휘황찬란한 광채가 뿜어졌다.

쩌엉!

살얼음을 깨고 백리운의 손에 맺히듯이 떠오른 둥그런 달이 설검의 몸속으로 쏙 들어갔다.

그리고 그 순간…….

그그그극!

설검에 균열이 가기 시작하더니 금이 쩌어억 벌어졌다.

"……!"

담대천이 눈을 부릅뜨고선 황급히 설검을 빼내려고 했지만 백리운이 꽉 잡고 놔주질 않았다. 그에 담대천이 억지로 잡아당기자 설검에 난 균열을 따라 검이 산산조각 났다.

쨍!

설검이 수십 조각으로 갈라지더니 처참하게 박살 났다.

후두둑 떨어지는 검의 파편들.

그것들은 더 이상 한기를 뿜지 않고 차갑게 식어 갔다. 한때 신검이었던 것 치고는 너무 초라한 죽음이었다.

지지직!

담대천은 설검을 쥐고 있던 손으로 괴상한 기운이 들어오는 걸 느꼈다. 아마도 설검을 조각낸 기운이 설검을 통해 들어온 것이리라.

'으윽!'

기껏 남은 손잡이를 자신도 모르게 놓쳤다. 손 근육을 헤집고 다니는 그 괴상한 기운 때문이다.

"이게 천월인가?"

짧게 맛보았지만, 강렬히 남았다. 아직도 손이 얼얼했다.

"겨우 그 정도에 놀란 건가?"

"이 육신이 아니었다면 설검뿐만이 아니라 내 손까지 아작났겠군."

"다시 기회를 주면 확실히 그 육신도 무너트릴 자신이 있는데."

담대천이 실실 웃으며 고개를 저었다.

"설검마저 이 꼴이 났는데, 어떤 무기를 들어도 천월을 견뎌내기는 힘들 것 같군."

"그래도 검사인데, 나뭇가지라도 드는 게 어떤가?"

"만류귀종이라 했지. 결국엔 극의에 달하면 다 똑같은 것 아니겠는가?"

"말은 잘하는군. 그럼 이번에는 내가 먼저 가지."

백리운이 단숨에 거리를 좁혀 오며 천월이 맺힌 오른손을 세차게 흔들었다. 그러자 초승달 모양의 강기가 쏜살처럼 날아가며 담대천의 가슴팍을 노렸다.

그에 담대천이 있는 힘껏 내공을 끌어 올리며 주먹을 내질렀다.

카앙!

천월이 터져 나가며 그 강기의 파편이 담대천의 팔 전체를 덮쳤다.

하나 담대천은 침착하게 몸을 뒤로 빼며 팔을 둥그렇게 휘둘러 그 파편들을 한데 모아 땅에 내쳤다.

콰콰콰콰!

천월의 파편이 꽂히자 땅바닥이 지진이라도 난 것처럼 크게 흔들리며 땅이 심각하게 갈라졌다.

"……."

하지만 담대천은 그깟 땅 따위에 신경 쓸 틈이 없었다. 천월을 맨주먹으로 때린 탓에 팔 전체가 아려 왔다.

'뭐지?'

주먹 속으로 스며든 천월의 기운이 심맥을 물어뜯고 근육과 뼈를 갈가리 찢고 있었다. 내공으로 억누르지 않았다면 금세 팔 전체가 잔혹하게 찢겨 나갔을 것이리라.

'제길!'

천월을 날린 백리운이 어느새 지척까지 다가와 다리를 앞으로 차올렸다.

퍽!

턱을 맞은 담대천의 고개가 뒤로 팍 넘어가며 몸도 같이 넘어갈 듯 떠올랐다.

단단해진 육신으로도 얼굴 뼈 전체가 흔들리는 것 같은 충격이었다.

휘리릭!

그러나 담대천이 누군가? 쉽게 맞고만 있을 자가 아니었다.

그는 몸이 뜨자마자 그 즉시 허공에서 몸을 한 바퀴 돌리며 회전력을 실은 다리를 쭉 뻗었다.

퍼억!

달려들던 백리운의 안면에 그대로 적중했다.

"흐음."

뒤로 두 발자국 밀려난 백리운이 코가 얼얼해지는 걸 느꼈다.

처음이었다.

천월을 얻은 후로 자신의 몸을 때린 사람은 말이다.

'일비와는 차원이 다르군.'

비의 육신을 얻기 전부터 일비보다 강했던 담대천이다. 그런 그가 비의 육신을 얻으니 얼마나 강해졌겠는가?

백리운은 화끈하게 달아오른 얼굴을 좌우로 털며 양손에 천월의 기운을 집중시켰다.

우우웅.

대기가 진동하는 소리와 함께 반듯한 보름달 모양의 천월강기가 떠올랐다.

그 전까지만 해도 오색찬란한 빛을 내뿜던 천월강기가 이제는 샛노란 빛만 품고 있었다. 그리고 이전처럼 강하게 빛을 내지 않고 은은하게 감돌았다.

심상치 않은 분위기를 느끼고 담대천이 비호처럼 날렵하게 달려들었다.

그와 동시에 올곧게 내지른 일권(一拳)이 보름달의 몸통에 벼락처럼 꽂혔다.

콰앙!

오른손에 맺혀 있던 천월이 터져 나갔다. 그 즉시 담대천은 백리운의 왼손에 맺혀 있는 천월을 향해 반대쪽 주먹을 휘둘렀다.

쾅!

백리운의 왼쪽 손이 뒤로 튕겨져 나가며 천월이 박살 났다.

"흡!"

백리운이 눈을 똥그랗게 뜨고선 헛바람을 들이켰다. 이렇게 정면으로 천월을 부순 사람 또한 처음이었다.

"이제 끝을 내자꾸나!"

담대천이 단숨에 품속으로 파고들더니, 백리운의 복부와 가슴팍을 미친 듯이 가격했다.

퍼퍼퍼퍼퍼퍼퍽!

쉴 새 없이 연달아 꽂히는 주먹들.

한 주먹이 들어갈 때마다 대기가 출렁거리며 동심원처럼 둥근 기파를 쏘아 댔다.

퍼억!

마지막 일권까지 깔끔하게 내지른 담대천은 주먹을 내지른 자세 그대로 멈췄다. 그때 그의 주먹은 백리운의 명치에 닿아 있었다.

"……."

담대천은 온몸이 굳어버리기라도 한 것처럼 꿈쩍도 안 했다.

"대단하다고 해야 할지, 아니면 무식했다고 해야 할지 모르겠군. 천월이 어떤 힘인지 알면서 그걸 맨손으로 부수다니."

"……."

오히려 백리운이 멀쩡히 입을 열더니, 담대천의 두 주먹을 번갈아 가면서 봤다.

피부가 터져 나가고, 살점이 파여 있었다. 그리고 손 전체가 피범벅이 되어 중간중간 뼈까지 보였다.

그 주먹으로 가격했으니 아플 리가 있나?

백리운이 입은 옷에 괜히 피만 묻혔을 뿐 조금의 충격도 주지 못했다.

"처… 천월……."

담대천이 두 손을 축 늘어트리며 뒤로 물러섰다. 그제야 주변에 있는 다른 사람들까지도 어떻게 된 상황인지 알 수 있었다.

"제길!"

"백리운, 이놈!"

백우십성단의 단주들이 눈에 살기를 뿌리며 몸을 날렸다. 그러자 백리운이 보지도 않고 양손을 좌우로 떨쳤다.

그 순간 허공에서 섬전처럼 빛이 번쩍이더니 단주들의 몸을 가르고 지나갔다. 그리고 그와 동시에 무섭게 쇄도하던 단주들의 몸이 상반신과 하반신으로 어긋났다.

스으윽.

두 동강 난 몸이 따로 분리되어 떨어졌다.

어느 누구도 비명을 지를 틈조차 없었다.

그 광경은 같은 편인 사사천구의 무인들에게조차 섬뜩하게 다가왔다.

"……."

단주들의 두 동강 난 몸이 떨어지는 소리만 들려올 뿐 말소리는 조금도 들리지 않았다.

담대천은 말없이 그 동강 난 시신들을 쳐다봤다. 그리고 주변을 포위하고 있는 사사천구의 무인들도 훑어봤다. 그들 사이로 듬성듬성 보이던 백우십성단의 무인들이 보이지 않았다. 아까 전에 백리운이 날린 천월강기에 모두 죽은 것이라.

시선을 돌리는 담대천을 보고 백리운이 피식 웃었다.

"아무리 둘러봐도 그대가 살아 나갈 구멍은 없소."

"아니, 한 군데 있다."

백리운이 고개를 갸웃거리자 담대천이 뒤돌아서며 힘차게 몸을 날렸다.

그가 몸을 날린 곳은 탑의 입구였다.

문이 뜯겨져 나간 터라 입구는 뻥 뚫려 있었고, 담대천은 쉽게 그 문을 통해 안으로 들어갈 수 있었다.

"기껏 숨은 곳이 탑이라니……."

그동안 이비와 당기철에게 들은 게 있으니 어느 정도 이해는 갔다.

백리운은 탑을 향해 걸음을 옮기며 씩 웃었다.

"잘됐군. 어차피 저 탑에 뭐가 있는지 궁금했는데 말이야."

"멈추시오!"

그때 고무진이 다급히 몸을 날리며 백리운을 불러 세웠다.

"무슨 일이지?"

"저 탑에 들어갈 생각이오?"

"그래야지 담대천을 잡을 수 있지 않나?"

"저 안에 뭐가 있는지 알고 들어가겠다는 것이오?"

백리운이 별거 아니라는 듯이 말했다.

"뭐, 별거 있을까?"

"저 탑에는 각 층마다……."

"너무 걱정하지 말도록. 저 탑 안에는 나 혼자 갔다 올 테니."

"아무리 회주라도 혼자서는 무리일 것이오. 아니면 나설란 소저라도 데려가시오."

"걔는 왜?"

"저 탑 마지막 층에는 일황로라는 진법이 있소. 그 진법을 뚫기 위해서는 나설란 소저가 가지고 있는 사소미안(思疎彌眼)이 필요하오. 그 진법은 상대가 강하면 강할수록 덩달아 강해지는 진법이오."

백리운의 눈빛이 크게 흔들렸다.

"일황로가 어째서 저 탑에 있는 것이지?"

"그야 현월교가 한 것 아니겠소? 본래 일황로는 현월교의 것이니."

"그럴지도 모르겠군."

백리운도 일황로에 대해 잘 알고 있었다. 그래서 고무진이 말한 것처럼 그것을 힘으로 뚫고 가기에는 무리가 있어 보였다.

"하지만 굳이 걔까지 저런 위험한 곳에 끌고 가고 싶지 않은데."

"저 탑에는 지난 수백 년 동안 탑을 지켜 온 것들이 있소. 그 것들을 절대로 우습게 봐서는 안 되오."

확실히 아무것도 모르고 들어갈 수는 없었다. 게다가 고웅천에게 들어서 우원보에는 보주에게만 전해지는 비서가 있고, 그 비서에는 탑에 무엇이 지키고 있는지 적혀 있다고 했다. 그래서 그걸 알고 있는 고무진의 말을 함부로 무시할 수도 없었다.

"나설란은 내 처소에 있다. 가서 데려오도록."

"알겠소."

고무진이 부하를 보내지 않고 본인이 최대한 빠른 속도로 몸을 날렸다.

* * *

어디론가 몸을 날린 고무진이 돌연 나설란과 함께 나타나자 나시우가 놀란 눈을 하고 끼어들었다.

"설란이는 왜 데려가는 것이오?"

"나설란이 가지고 있는 사소미안이 필요하다."

"하지만 저곳은 위험할지도 모르는데……."

그때 나설란이 나서며 나시우를 보고 방긋 웃었다.

"걱정 마세요, 오라버니. 소가주께서 지켜 주실 거예요."

"최소한 얘는 멀쩡히 데려올 테니 걱정 말도록."

나시우가 힘겹게 고개를 끄덕이며 물러났다.

"저 탑 안에 뭐가 있는지 모른다. 담대천이 무슨 짓을 할지도 모르니 어서 가지."

백리운이 먼저 앞장서서 탑으로 향하자, 나설란이 뒤에서 쪼르르 달려갔다.

"같이 가야지요!"

"뒤에 꽉 붙어 있어."

"……."

나설란은 말없이 백리운의 등에 밀착한 채 탑으로 들어갔다.

탑 안은 육안으로 사물을 구별할 수 없을 정도로 어두웠다. 기껏해야 형체만 흐릿하게 보일 뿐이었다. 그건 어디까지나 나설란에게 해당되는 일이었다. 백리운은 어둠 따위 방해 안 된다는 것처럼 저 구석에서 이곳을 바라보고 있는 여덟 명의 사내들을 보았다.

'저들이 천무팔인인가?'

웬만한 장정은 비교도 할 수 없을 만큼 컸다. 하지만 그 무지막지한 체격보다 눈에 띄는 점은 그들의 몸에 잠재된 엄청난 내력이었다.

"이 정도면 사사천구의 대표라도 혼자서 상대하기 힘들겠는걸."

어찌 생각해 보면 당연했다. 저들이 약하면 회주가 안 되더라도 아무나 들어올 수 있으니 그것도 문제리라.

쿵! 쿵! 쿵!

천무팔인이 걸음을 움직일 때마다 철로 이루어진 바닥이 묵직하게 울렸다.

"아앗!"

그럴 때마다 나설란이 화들짝 놀라며 백리운의 옷깃을 꽉 움켜쥐었다.

하지만 백리운은 별다른 위협을 받지 않은 듯 차분하게 양손으로 천월강기를 뽑아냈다.

오른손에 맺힌 것은 둥그런 보름달 모양이었고, 왼손에 맺힌 것은 활처럼 휜 초승달 모양이었다.

백리운이 먼저 움직인 것은 왼손이었다.

휘이이익!

초승달 모양의 천월강기가 풍차처럼 빙글빙글 돌아가며, 가장 앞서 있는 천무팔인의 몸통에 꽂혔다.

쾅! 가슴팍에 적중당한 일인은 뒤로 주르륵 밀려나며, 뒤에 있는 다른 천무인까지 밀어냈다.

하지만 그뿐이었다. 자세히 보면 가슴팍에 가뭄이라도 난 것처럼 금이 가 있었지만 멀쩡히 잘 움직였다.

금방 제자리로 돌아와 다시 달려들기 시작했다.

"이것 봐라?"

백리운이 오른손에 맺힌 보름달 모양의 천월강기를 지워 버리고 양손에 모두 초승달 모양의 천월강기를 떠올렸다.

쐐애애액!

두 천월강기를 모두 날려 보내고 그 즉시 천월강기를 다시 뽑아내 또 날렸다.

콰콰콰쾅!

가슴팍에 금이 간 천무인에게 네 가닥의 천월강기가 차례대로 적중했다.

"끄으……."

처음으로 천무인이 소리를 냈다. 그리고 달려들던 자세 그대로 멈추더니 뒤로 천천히 넘어갔다.

그걸 본 백리운이 양손으로 초승달 모양의 강기만 뽑아내 날리기 시작했다.

콰콰콰콰쾅!

달려들던 천무인들이 하나둘씩 넘어가더니 끝내 한 천무인만 그의 앞에까지 다가왔다.

백리운은 이번에 보름달 모양의 천월강기를 뽑아 그 천무인의 몸속으로 집어넣었다. 그러자 몸을 들이밀던 천무인의 몸이 그 자리에서 멈추더니 부르르 떨었다.

쩌어억!

무슨 바위가 갈라지는 듯한 소리가 나며 천무인의 온몸이 무너져 내렸다.

그것도 수백 조각으로 찢겨서 말이다.

파앗!

돌덩이같이 단단한 살점이며 핏방울이 사방으로 튀어 나갔다.

"이런 것들이 있으니 함부로 탑에 들어오지 못했던 것이군."

"다 끝났어요?"

"그래."

그제야 바들바들 떨던 나설란이 차분하게 숨을 쉬었다.

"저 사람들은 뭐예요?"

"불쌍한 애들이지. 몸은 비와 비슷하게 되어 있으나 정신은 묶여서 아무런 생각도 하지 못하고 멍하니 탑의 일 층만 떠돌아다니는 거지. 그러다가 회주의 영패가 없는 침입자가 들어오면 다짜고짜 공격하는 것이고."

"그, 그렇군요."

백리운은 덤덤히 말을 하며 앞으로 나아갔다.

이층으로 오르는 계단을 밟아 가다가, 문득 눈에 들어온 새빨간 안개를 보고 멈춰 섰다. 세 계단만 더 오르면 저 새빨간 혈독무가 만연히 퍼져 있는 이 층이다. 이미 이비에게 그 위력을 익히 들어왔다. 그래서 조금 꺼림칙해지는 것도 사실이었다.

"여기서 기다리도록."

백리운은 나설란을 계단에 두고 이 층에 혼자 올랐다. 그러자 사방에 퍼져 있는 혈독무가 해일처럼 밀려들더니 순식간에 온몸을 휘감았다.

그에 백리운이 천월을 이용해 억지로 밀어내려고 했다. 그런데 그러기도 전에 혈독무가 알아서 물러나는 게 아닌가?

그것도 모자라 물러난 혈독무가 마치 길을 터 주는 것처럼 반으로 쩌억 갈라졌다.

그 끝에는 3층으로 향하는 계단이 보였다.

'뭐지?'

백리운은 이 이유를 알 수 없는 현상에 잠시 머뭇거리다가, 나설란을 향해 되돌아갔다.

"그냥 와도 될 것 같군."

그녀 역시 두 눈으로 직접 보았기에 군말 없이 백리운을 따랐다. 그런데 갈라졌던 혈독무가 무섭게 달려들더니 나설란에게로 모여들었다.

"끼야앗!"

그녀가 놀라 몸을 움츠렸다. 그때 백리운이 그녀의 손을 잡아다 확 끌어당겼다.

"어?"

그녀는 눈을 똥그랗게 뜨고선 백리운의 품에 안겼다. 그러자 무섭게 다가오던 혈독무가 다시 물러났다.

"아무래도 계속 이리 가야 하나 보군."

"……."

나설란은 얼굴이 빨개져서 아무 말도 못했다.

이 층과 마찬가지로 삼 층에 퍼져 있는 한기도 처음에만 달려들 뿐 한 번 몸을 휘감고 나니 스스로 물러섰다. 그래서 삼층도 똑같이 바짝 밀착해서 건넜다. 한데 그렇게 사 층에 오르자 쉽게 발을 뗄 수 없었다.

사 층에는 둥그런 쇠구슬이 땅바닥에 넓게 퍼져 있었다. 얼핏 보기에는 아무렇지도 않은 것 같지만 그 쇠구슬들의 위치를 본 백리운과 나설란은 동시에 얼굴을 굳혔다.

"정말 일황로가 이곳에 있네요."

"그래, 네 눈이 있어야지만 통과할 수 있다."

기백 개의 점으로 세상을 가두고, 그 세상을 왜곡시킨다. 그리하여 밖에서 안으로 들어오는 것이 있으면 속도가 배 이상으로 증가하고, 안에서 밖으로 나가는 것이 있으면 속도가 반으로 줄어든다.

일전에 나설란이 백리운을 죽이러 왔을 때 펼쳤던 현월교의 진법, 일황로(日惶路)였다.

"현월교도 백아사천 중의 하나다. 처음 이 탑이 만들어졌을 때 저 진법을 설치했을지도 모르지."

"그럴 수도 있겠네요."

"문제는 진정한 일황로는 상대에 따라 위력이 달라진다는 것이다."

"하지만 그때 제가 설치한 진법은 소가주가 바로 뚫었잖아요."

"내가 그래서 말하지 않았나? 그때 네가 펼친 것은 진정한 일황로가 아니라고."

"그랬지요."

그녀가 민망한 기색으로 고개를 푹 숙였다.

"일단 네 눈으로 저 진법의 생문과 사문을 찾아라."

"여기서는 보이지 않아요. 진법 안으로 들어가야지만 볼 수 있어요."

"그런가?"

백리운은 나설란의 손목을 확 잡아채며 진법 안으로 발을 디뎠다.

"음?"

"이, 이거 왜 이래요? 진법은 제대로 설치된 것 같은데."

진법은 발동되지 않았다.

이 층부터 사 층까지 제대로 발동 된 것이 없었다. 그러다 보니 문득 일 층에서 있었던 일이 새삼스럽게 떠올랐다.

'그러고 보니 천무팔인도 그냥 달려들기만 했지.'

지금 생각해 보면 다른 것과 마찬가지로 가까이 왔다가 스스로 물러났을지도 몰랐다. 하지만 그 이유를 알 수 없었다. 다른 사람들은 이곳에 오르기 위해 온갖 수단을 다 쓰는데, 왜 자신에겐 아무것도 통하지 않는 걸까?

그 기묘한 현상에 백리운은 스스로 답을 내릴 수 없었다.

'저 위에 오르면, 다 알게 되겠지.'

백리운은 자신이 아직도 나설란의 손목을 잡고 있다는 사실도 까맣게 잊은 채, 마지막 층인 오 층으로 향했다.

백우회의 모든 것이 잠들어 있는 꼭대기로 말이다.

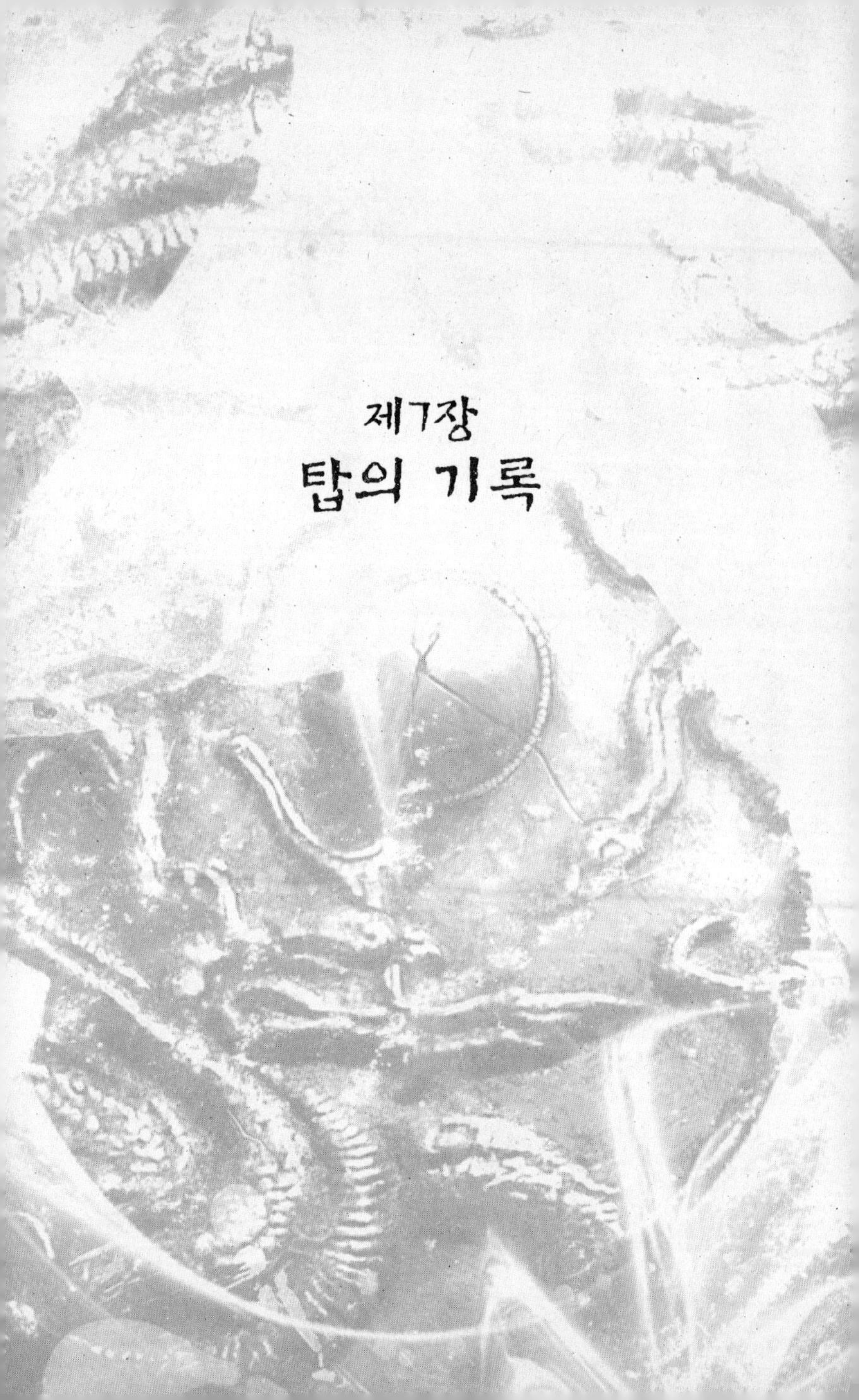

제7장
탑의 기록

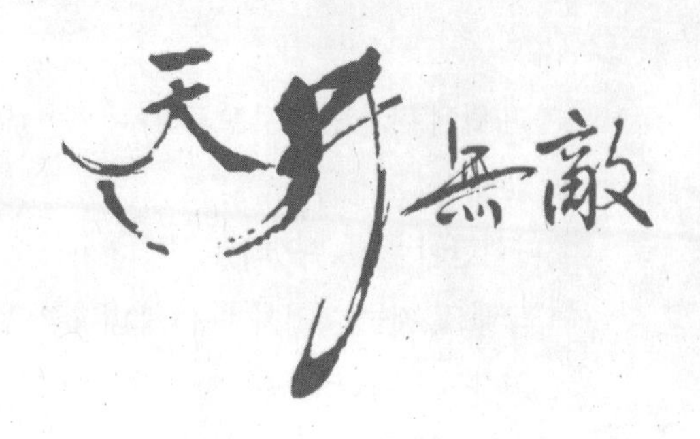

탑의 마지막 층으로 향하는 계단은 유난히도 길었다. 그래봤자 백리운에게는 아무런 영향도 주지 못했지만, 무공을 익히지 않은 나설란은 꽤나 힘들어했다.

"잠깐만 쉬었다 가면 안 될까요?"

그 말에 뒤돌아본 백리운이 잠시 그녀를 빤히 바라보다가 말했다.

"너는 여기 있어라."

"예? 왜요?"

"저 위에 뭐가 있는지 모른다. 어쩌면 내가 지켜 주지 못할 수도 있어."

나설란이 활짝 웃었다.

"그래요. 저는 여기서 쉬는 게 나을 것 같네요."

"여기서 기다리도록."

백리운이 그 말만 내뱉고는 몸을 날렸다. 지금처럼 한 계단씩 걷지 않고 한 번에 열 계단씩 밟으며 쭉쭉 올라갔다. 그가 사라지자마자 그녀는 계단에 털썩 앉으며 혹사된 다리를 주물럭거렸다.

"그래, 난 여기서 기다리는 게 더 도움이 될 거야."

백리운의 말대로 마지막 층에 무언가 있다면, 그녀는 자신이 방해가 될지도 모른다고 생각했다. 그래서 그의 말대로 여기에 있기로 한 것이다.

"이건 다 뭘까?"

그녀는 벽에 새겨진 온갖 삽화를 보고 손으로 문질러 봤다. 꽤 오래전에 새겨진 듯 손으로 문질러도 가루가 묻지 않았다.

일 층부터 사 층까지 오를 때만 해도 이런 삽화는 없었다. 그런데 사 층을 지나 마지막 층으로 향하는 계단의 벽에는 금으로 선명하게 새겨 놓은 다양한 삽화가 있었다. 하지만 아무리 집중해서 봐도 무엇인지 알 수 없었다.

"뭐지?"

그녀는 한동안 삽화를 쭉 훑어 나갔다. 그러다가 자신의 사소미안에 어떤 흐름이 잡히는 것이 보였다.

그 흐름을 본 순간 그녀는 온몸에 소름이 돋았다.

"……!"

그녀가 벌떡 일어서 계단을 성큼성큼 내려가기 시작했다. 그리고 이 삽화가 처음 시작된 곳에서 멈추고는 모든 것의 본질을 꿰뚫어 보는 사소미안을 통해, 삽화에 담긴 그 흐름을 읽어 갔다.

"묵천마교?"

하지만 그것은 그녀가 알게 될 엄청난 진실 중의 하나에 불과했다.

* * *

옆에 새겨진 삽화를 아무리 봐도 무엇을 그려 놓은 것인지 알 수 없었다. 그래서 백리운은 벽에는 눈길 한 번 주지 않고 계단만 올라 어느새 마지막 층을 앞두고 멈췄다.

잠시 기감을 퍼트려, 마지막 층에 있는 기척을 모조리 잡아냈다.

'하나뿐이군.'

게다가 흐트러진 호흡까지 보니 담대천이 확실했다.

그에 멈췄던 걸음을 다시 움직여 또각또각 소리를 내며 계단을 올랐다. 그리고 마지막 층에 발을 디딘 순간 자신도 모르게 눈을 크게 떴다.

"이게 다 뭐지?"

백리운이 주위를 두리번거리며 안쪽으로 걸음을 옮겼다.

그 넓은 공간을 두르고 있는 벽과 지붕, 그리고 바닥에까지 금으로 쓰인 글씨가 한 글자씩 선명하게 박혀 있었다.

그에 눈대중으로 가볍게 둘러보니 여러 이야기가 그 안에 담겨 있었다. 그런데 그 다양한 이야기들 속에 한 가지 공통된 점이 있었다. 그것은 모든 이야기가 백우회와 연관되어 있다는 점이었다.

담대천은 한 곳을 바라보며 입을 열었다.

"백우회가 처음 만들어졌을 때부터 지금까지의 역사가 이곳에 적혀 있지. 그리고 이 역사를 기록하는 것은 회주의 일이기도 하네. 한 치의 거짓도 없는 진실한 역사 말일세."

"그래서 백우회의 모든 것이 잠들어 있다고 한 것이군."

"여기에는 비에 관한 내용도 있고, 그들의 몸을 만들게 해 주는 핏빛 연못에 관한 것도 있네. 그리고 천월에 대한 것도 기록되어 있지."

백리운의 눈빛이 흔들렸다.

"그런 게 기록되어 있는데도 정작 그것들의 위치는 모른단 말인가?"

"여기에 적힌 대로라면, 분명히 이 탑 안에 그 위치를 알려 주는 게 있다고 했지. 하지만 이 모든 기록문을 읽어 보아도 그것들이 어디에 있는지는 적혀 있지 않았다."

"아무래도 여기에 기록된 것은 역사뿐인 것 같군."

담대천이 자신이 바라보던 곳으로 손으로 가리켰다. 그 손은 뼈가 드러나고 피가 범벅되어 있어서 처참하기 그지없었다. 하지만 백리운은 신경 쓰지 않고 담대천이 가리킨 곳으로 시선을 옮겼다. 그곳에는 이 모든 기록문의 시작이 적혀 있었다.

"이것이 백우회의 시초가 기록한 건가?"

"읽어 보게나."

조용히 그 글씨를 읽어 내려가던 백리운은 어느 한 곳에서 딱 멈췄다. 그곳에는 묵천마교라는 네 글자가 적혀 있었다.

"묵천마교?"

백리운은 번개라도 맞은 것처럼 온몸을 부르르 떨었다. 그러고는 그다음에 있는 세 글자를 보고 또 눈을 부릅떴다.

"백리역? 백리역이 백우회를 세운 거라고?"

"그래. 백우회를 세운 사람은 묵천마교의 마지막 교주, 백리역이다."

"그럴 리가 없다. 묵천마교는 사령신문과 현월교, 그리고 백리세가로 분열됐다. 백우회로 다시 태어난 게 아니야."

"맞다, 다시 태어난 게 아니지. 잘 생각해 봐라. 사령신문은 백우회에 없지 않느냐?"

"그럼 이게 어찌 된 일이냔 말이다!"

백리운이 신경질적으로 말하자, 담대천은 조용히 손만 뻗어

한 군데를 가리켰다.

백리운은 그곳에 적힌 글씨를 차분히 읽기 시작했다.

〈나는 천월을 내 몸에서 덜어내고도 죽지 않았다. 그리고 살 방법도 찾았다. 본교에 대대로 전해져 오던 방식으로 몸을 치료할 수 있었다.

기가 충만한 사람을 산 채로 피를 뽑아내, 정기가 가득 실린 정수만 걸러 낸다. 그 정수는 한 사람당 한 방울보다 조금 더 나올 뿐이다. 그래서 나는 수많은 사람들의 피를 뽑아 연못을 만들었다. 얼마나 만들었는지 세지도 못했다. 하지만 그 희생만큼이나 이 연못은 성공적이었다.

그 연못에 몸을 담그니 피 속에 남아 있는 정기가 몸 안으로 들어와 상처를 치료하기 시작했다. 하지만 천월이 직접적으로 닿았던 곳은 치료하지 못했다. 아무리 오래 들어가 있어도 천월로 인해 망가진 부위는 절대로 치료되지 않았다.

하지만 이것만으로도 충분하다. 나는 거동을 무리 없이 할 수 있었고, 예상했던 것보다 더 오래 살 수 있었다. 흩어진 세 파벌을 다시 모아야 한다. 그리고 다시 본교를 세워야 한다.

……(중략)……

백리세가와 현월교가 본교의 후예라는 걸 알릴 수 없다. 본교가 오랫동안 군림해 오면서 불만이 쌓인 자들이 많은 듯했다. 천월도 없고, 천월 때문에 무공이 사라져 버린 내 몸 상태로 밝혔다간, 무림공적으로 찍히고 말 것이다. 비밀로 해야 한다.

……(중략)……

파벌싸움에서 밀려난 사령신문이 너무 잘 숨었다. 그들은 지금 내가 살아 있다는 소문도 자신들을 끌어내려는 함정으로 알고 있는 듯했다. 어쩔 수 없다. 더 이상 시간을 끌 수 없다. 그 핏빛 연못으로도 치료하지 못한 상처가 결국에는 내 목숨을 조여 온다. 어쩔 수 없다. 사령신문을 제외하고 다른 문파를 받아들여야겠다.

……(중략)……

대해문. 그들은 자신들 스스로를 하얀 길을 걷는 자라고 칭했다. 하얀 길이라……. 우습다. 우리하고는 전혀 맞지 않는다. 하지만 그들이 필요하다. 본교가 묵천마교임을 가려 줄 가면 같은 존재가 필요하다. 그들은 우리를 숨겨 주기 위한 존재로 더없이 좋았다.

……(중략)……

대해문 때문에 우리까지 백도(白道)라고 불린다. 마음에 들진 않지만, 뒤에서 세력을 키우기엔 좋았다. 그런데 대해문이 모든 걸 이끌어 가려고 한다. 다행히도 대해문은 혼자다. 백리세가와 현월교가 한데 뭉치니, 대해문 혼자 이 연합을 끌어갈 수 없다.

……(중략)……

우원보라는 곳에서 이 연합에 끼어들기를 원했다. 나는 백리세가와 현월교를 내세워 거절했지만, 대해문은 그들을 받아들였다. 아무래도 계속 백리세가와 현월교가 하나처럼 움직이니 견제하기 위함이라.

……(중략)……

이젠 우리가 무림에서 제일 강대한 세력이 되었다. 그렇다고 우리끼리 싸울 수 없으니 한 조직을 만들자고 제안해 왔다. 그것도 대해문에서 말이다. 그런데 백리세가에 있는 내 핏줄들이 그 제의를 받아들였다. 그리고 더 이상 내 말을 듣지 않으려고 한다. 위험하다. 천월까지 얻으면 완전히 날 쫓아낼지도 모른다. 말해선 안 된다. 천월이 존재한다는 걸…….

……(중략)……

백우회란다. 웃기는군. 문제는 백리세가에 있는 내 피붙이들까지 그들에게 홀딱 넘어갔다. 그리고 더 이상 내 말을 듣지 않는다. 현월교 또한 다를 것 없다. 백리세가와 손을 잡은 것인지 오늘은 나를 미행까지 했다. 본교가 건재할 때는 상상도 할 수 없었던 일이다. 안 되겠다. 나도 나만의 사람들을 키워야겠다.

……(중략)……

세상을 돌아다니며 여섯 명의 기재들을 모아 왔다. 그 기재들을 훈련시키기 시작했다. 핏빛 연못이 있으니 죽을 때까지 혹사시킨 다음에 연못으로 치료시켰다. 그런데 그 연못이 생각지도 못한 효능을 보였다. 오래 담그고 있으면 상처를 다 치료하고 나서 몸을 새롭게 변화시켰다.

……(중략)……

여섯 명의 기재들은 환골탈태로 얻는 몸보다 뛰어난 몸을 가졌다. 무공을 배울 필요가 없다. 저 몸 하나로도 내 피붙이 놈들과 대등하게 싸울 것이다. 하지만 겨우 여섯 명뿐이다. 그 이상의 숫자는 내가 다루기 벅차다. 어쩔 수 없다. 이들의 존재를 드러내면 내 피붙이 놈들이 가만히 있지 않을 것이다. 이들은 숨어서 행동해야 한다. 이름도 숨어서 움직인다는 뜻의 비(秘)로 하자. 일비, 이비, 삼비, 사비, 오비, 육비……. 이제 너희들이 내 말을 듣고 백우회를 다뤄야 한다. 이 거대한 조직이 내 손안에 들어와 묵천마교로 다시 태어나도록 말이다.

……(중략)……

성공이다. 이놈들이 저 네 문파의 뜻이 아닌 자기들 뜻대로 백우회를 움직이고 있다. 스스로를 백아사천이라 칭하는 저 오만한 네 문파가 이 거대한 백우회를 움직이는 것이 아니다. 내가 만든 작품들이 백우회를 움직인다. 이제 이 백우회를 서서히 내 것으로 만들어야 한다. 오늘 비들을 불러다 말해야겠다.

……(중략)……

비들이 내 말을 듣지 않는다. 오늘은 나보고 백우회에 해가 되는 존재라고까지 말했다. 뭐지? 이건 전혀 예상 못한 일이다. 어째서 저들이 백우회를 위해 움직이고 있단 말이냐!

……(중략)……

오늘 삼비의 뒤를 밟았다. 그놈이 만난 것은 내 피붙이 놈이

다. 내 피붙이 놈! 백아사천끼리의 경쟁을 이기고 이곳 백우회의 초대 회주가 된 놈. 저놈이 비들이 내 말을 듣지 못하도록 막고 있었다. 그렇다고 자신이 비들을 움직이는 것도 아니었다. 그들 스스로의 의지를 가지게끔 말하고 있었다. 더 이상 나의 꼭두각시가 되지 못하도록 말이다.

……(중략)……

이젠 비들이 나를 죽이려고 한다. 내가 백우회에 해만 끼친다며, 더 이상 존재해서는 안 된다고 한다. 밖으로 나갈 수 없다. 다행히 저들은 그 핏빛 연못 있는 곳에만 모여 있다. 내가 어디에 숨어 있는지 저들은 모른다.

……(중략)……

내 피붙이 놈이 물어 왔다. 내가 일전에 시도했던 그 힘은 어디에 숨겨 두었냐며 말이다. 나는 실패했다고 말했지만, 그놈은 믿지 않았다. 지금까지 나를 살려 둔 이유도 아마 그것 때문이라. 천월의 존재를 발설했다가는 나도 죽는다.〉

그리고 단락이 바뀌었다.

백리운은 바뀐 단락을 읽기 시작했다.

〈아버지는 끝까지 말하지 않았다. 그동안 이곳에 숨어서 모든 걸 기록하고 있었던 걸까? 그 힘이 필요하다. 오직 아버지와 나만이 아는 그 힘, 천월 말이다. 이 거대한 조직을 이끌어 가려

면, 다른 대표들보다 압도적인 힘이 필요하다. 이제 더 이상 비들에 의지해서 백우회의 질서를 지킬 수 없다. 내 손으로 이끌어야 한다.

……(중략)……

그 어디에도 천월이 보이지 않는다. 그리고 아버지가 남긴 기록에 있는 핏빛 연못은 어디에 있는 걸까? 그걸 이용하면 나는 더 대단한 몸을 가질 수 있다. 그럼 나는 더 강해지겠지. 그 연못에 직접 몸을 담군 비라면 알고 있지 않을까?

……(중략)……

비들은 끝까지 말하지 않았다. 그 연못은 자신들만의 것이라며 나보고 관여하지 말라 그런다. 나는 이곳의 주인이다. 이곳에 있는 모든 것이 내 것이다. 그런데 나보고 관여하지 말라니…….

……(중략)……

비들을 없애고 싶다. 하지만 이들을 없애면 이 큰 조직은 제대로 굴러가지 않을 것이다. 내가 천월이라도 얻는다면 비들이 없어도 백우회를 잘 이끌어 갈 수 있었을 텐데…….

……(중략)……

백우회의 주인은 나다. 비들이 아니란 말이다. 그런데 실질적으로 백우회를 움직이고 있는 사람들은 내가 아닌 비들이었다. 나는 어느새 표면에 내세워진 그런 존재에 불과했다. 아버지가 대해문을 내세웠던 것처럼 말이다.

……(중략)……

천월을 찾을 수 없다. 저 비들처럼 신기한 육신이라도 얻어야 했다. 저들은 무공도 익히지 않았으면서, 백아사천의 대표들과 대등하게 싸울 수 있는 힘이 있다. 순수 육신의 힘으로 말이다. 천월이 안 되면 저 육신이라도 얻어야 한다. 저 육신이 있으면 나는 더 강해질 수 있다. 저들과 달리, 나는 무공까지 익혔으니 더 강해질 것이다. 어쩌면 묵천마교의 교주들처럼 신의 영역을 넘볼 수 있을지도 모른다.

……(중략)……

오늘 삼비와 사비, 그리고 오비와 육비까지 차례대로 죽였다. 그래도 핏빛 연못이 어디 있는지 말하지 않았다. 이들을 죽인 이상 돌이킬 수 없다. 어떻게 해서든지 그 몸을 얻어야 한다. 그래야 나 혼자서 이 거대한 조직을 운영할 수 있다.

……(중략)……

이비를 죽였다. 그랬더니 일비가 찾아왔다. 그리고 핏빛 연못이 어디 있는지 말해 주었다. 나는 궁금해서 물었다. 어째서 이걸 알려 준 것이냐고. 그랬더니 일비가 답했다. 핏빛 연못에 담긴 효능이 약해지고 있다고. 이걸 어떻게 만드는지 나에게 물어 왔다. 나는 말해 주었다. 내가 쓰기 위해선 그 효능이 줄어들면 안 되기 때문에…….

……(중략)……

어느 순간부터 일비가 보이지 않는다. 그리고 사람들이 죽어

나가기 시작했다. 필시 그 연못을 직접 만드는 것일 터. 하지만 내가 쓰고 있는 이 연못은 아니다. 이것은 이미 비들이 효능을 빼앗아 가서 더 이상 내 몸을 단단하게 만들지 못했다. 일비가 만드는 연못을 찾아야 한다. 그런데 일비가 어디에 숨어 있는지 알 수 없다. 큰일이다. 여기 있는 이 핏빛 연못은 기껏해야 상처를 치료하는 수준밖에 안 된다. 내 몸을 더 강하게 하지 못한다.

……(중략)……

이비, 삼비, 사비, 오비, 육비라는 이름을 내세워서 새로운 비들이 나타났다. 일비가 만든 것일까? 그중에 새로 나타난 오비를 잡아다가 물었다. 역시나, 일비가 만든 것이다. 그런데 아버지가 만들 것과는 달리 일곱 번째 사람도 만들었다. 그런데 그 자는 칠비가 아니었다.

그자가 하는 일은 딱 하나였다. 핏빛 연못이 약해질 때면 돌아와 사람의 피를 퍼붓고 그 연못의 효능을 강화시키는 것. 일비 자신은 백우회를 올바르게 돌아가도록 만들기도 벅차다고 했다. 그래서 따로 사람을 둔 듯했다. 심지어 자신이 죽으면 자신의 빈자리를 채울 사람까지 데려와 자신 다음 대의 오비로 만든다고 했다. 아무래도 관리자를 따로 만든 것 같았다.〉

거기까지 읽는 순간, 백리운은 저 시대의 일비가 만든 관리자라는 사람이 예전에 이비가 자신에게 말했던, 수십 년에 한

번씩 찾아와 비들을 만드는 존재라는 걸 알아차렸다.

'지금까지 살아 있진 않았겠지. 비처럼 그 후대에게 자신의 임무를 넘겨주었겠지.'

어느 것 하나 놀라지 않을 것이 없었다. 읽으면 읽을수록 놀람의 연속이었다.

"회주가 되면 이 모든 기록들을 볼 수 있는 것이었나?"

"그렇지. 그리고 이들처럼 이곳에 백우회의 역사를 기록해야겠지. 처음에는 그 뜻이 아니었다고 해도 회주들이 습관처럼 적어 왔으니 어느새 전통이 되어 버렸지."

백리운이 고개를 끄덕였다.

"그런 것 같군. 그리고 여기서 천월의 존재와 묵천마교의 연관성을 알게 되었군."

"아마, 나 말고도 저 천월이라는 것을 찾으려는 회주들은 많았을 거다. 여기에 적힌 기록대로라면 천월을 찾으려고 천하를 뒤집고 다닌 회주들이 한둘이 아닌 것 같네. 그렇다고 내가 찾으러 다닌 것은 아닐세. 저들이 지난 수백 년 동안 찾지 못한 걸 어찌 내가 찾겠나? 나는 그저 궁금해서 물어봤던 걸세. 천월이 어디에 있는지 말이야."

그때였다.

백리운이 뭐라 입을 열기도 전에 나설란이 계단을 밟고 올라오더니 숨이 찬 목소리로 말했다.

"처, 천월은… 백리세가의 지하에 있었어요."

"허허. 그랬나? 전혀 생각지도 못했군."

허탈하게 웃는 담대천과 달리, 백리운은 그녀를 쭉 찢어진 눈을 쳐다봤다.

"너는 그걸 어떻게 알았지?"

"사 층에서 여기까지 올라오는 계단 옆에 벽이 있잖아요. 그 벽에 새겨진 삽화가 천월과 묵천마교의 무공 비급이 잠들어 있는 곳을 가리키고 있었어요. 묵천마교의 마지막 교주인 백리역이 묵천마교의 교주에게만 전해지는 비어로 남겨 둔 거죠. 그래서 자신 말고는 아무도 모른다고 적혀 있네요."

"그랬군."

백리운의 눈빛이 묘하게 흔들렸다. 지금 나설란이 말한 비밀은 끝까지 감추려고 했기 때문이다. 그런데 그 사실이 이렇게 까발려질 줄이야.

그때 담대천이 갑자기 실성한 것처럼 웃어젖혔다.

"하하하하! 지금까지 눈앞에 두고도 몰라봤단 말인가? 천월이 어디에 있는지 저 삽화에 적혀 있었는데 그걸 몰랐단 말인가? 나 말고도 역대 회주들도 그리 찾으러 다녔건만 눈앞에 두고도 몰랐던 것이군."

"어찌 알겠어요? 이건 묵천마교의 교주에게만 전해지는 비어인데요."

"하면 너는 어찌 그 비어를 읽었느냐?"

"제 눈 때문이죠."

그제야 담대천이 알겠다는 듯이 고개를 끄덕였다.

"사소미안. 그랬지. 나시우의 여동생이 사소미안을 타고났다고 했지. 모든 것의 본질을 꿰뚫어 보는 눈이니 비어도 꿰뚫어 봤겠지."

"백우회의 뿌리가 묵천마교였나요? 그럼 이 탑을 세운 것도 묵천마교인가요? 그래서 그곳의 마지막 교주가 남긴 비어가 저기에 적혀 있는 건가요?"

그때 백리운이 끼어들었다.

"이곳은 우원보가 백우회의 상징으로 남겨 두기 위해 만든 곳이다."

"그렇군요."

그녀가 고개를 끄덕이며 이곳 주변을 쭉 둘러보기 시작했다. 그때 백리운이 슬쩍 눈을 찢으며 담대천을 쳐다봤다.

그 시선을 마주한 담대천은 실없이 웃었다.

"이젠 내가 갈 때가 되었군."

"천무팔인이든지 혈독무든지, 이 탑을 지키는 것들이 내가 들어오니까 알아서 비키더군. 그 사실을 알고 있었나?"

"여기에 적혀 있는 걸 모를 리가 있나?"

담대천이 말하면서 가리킨 곳은 방금 전까지 백리운이 읽던 곳에서 바로 아랫부분이었다. 하지만 백리운은 그곳을 바로 보지 않고 담대천만 쳐다봤다.

"그럼 왜 도망가는 것처럼 말하고 탑에 들어온 거지?"

"마지막 수작이었다. 이 탑에 뭐가 들었는지 지레 겁을 먹고 안 들어와 주기를 바랐거든. 그리고 사람들이 보는 곳에서 내 최후를 보이기 싫었네. 내 마지막 존엄이라도 지키고 싶었지."

담대천이 말을 하며 피범벅이 된 두 손을 들어 올렸다. 살점이 움푹 파여서 뼈까지 드러내고 있었다. 천월을 맨손으로 후려친 대가다.

담대천은 눈을 감았다.

"부디, 조용히 끝내 주겠나."

"자신의 손녀를 실험체로 이용했을 때부터 너에게 남은 마지막 존엄은 사라진 것이다."

백리운은 날카롭게 수도를 세워 담대천의 목을 그었다.

서걱!

담대천의 머리통이 바닥에 떨어지며 데구르르 굴러갔다.

"으!"

나설란이 눈을 감고 고개를 돌렸다. 하지만 백리운은 덤덤히 걸어서 담대천이 마지막으로 가리켰던 곳을 읽기 시작했다.

〈아버지가 돌아왔다.〉

'음? 자신이 천월을 찾으려고 죽인 게 아니었나?'

백리운은 고개를 갸웃거리며 다시 읽어 내려갔다.

〈내가 다시 돌아오니 내 피붙이 놈이 나를 반기지 않는다. 아직도 그날의 기억이 생생하다. 나에게 천월을 가져오라고 소리지르며 나를 죽이려 했던 모습이 말이다. 그래서 내 피붙이 놈이 원하는 대로 다시 천월을 들고 나타났다. 내 몸속에 말이다. 그 핏빛 연못만 있다면 그래도 어느 정도 이 천월을 부릴 수 있을 것이다.

……(중략)……

백아사천의 네 문파가 지들끼리 땅을 나누더니 그 땅을 사사천구라 불렀다. 한심한 놈들. 어차피 이곳의 주인이 그 모든 걸 갖는 것인데…….

……(중략)……

내 피붙이를 포함한 백아사천의 대표들이 나를 죽이러 왔다. 나는 천월을 보였고, 그놈들을 무찔렀다. 이제 백우회는 내 것이다. 이것으로 새롭게 시작하리라.

……(중략)……

우원보의 보주란 놈이 다른 대표들 모르게 나를 찾아왔다. 그러곤 물었다. 내가 선보인 천월이 도대체 어떤 힘이냐고. 나는 달의 힘이라 대답했다. 그랬더니 그놈이 자신은 내 편이라고 말했다. 이런 놈 하나 데리고 있다고 나쁠 것 없었다. 이놈을 통해 다른 대표들을 감시하리라.

……(중략)……

내가 없는 일비를 제외한 다른 비들이 모두 바뀌었다. 일비가 새로운 체계를 두고 비들을 새롭게 정립해 갔다. 그놈들이 이곳 어딘가에 숨어 있다. 그리고 그놈들이 백우회를 자기 입맛대로 조종해 가고 있었다. 실수다. 그놈들을 만든 게 첫 번째 실수고, 그놈들에게 몸을 숨기는 법을 알려 준 게 두 번째 실수다.

……(중략)……

사사천구의 남쪽 땅에 알 수 없는 탑들이 마구 세워지고 있다. 그중의 하나는 신공탑이라 불리며, 남쪽 땅의 상징이 되었다. 신공탑은 높았다. 이곳에서 나보다 높은 곳이 있어선 안 된다. 나는 우원보의 보주를 불러들여 신공탑보다 높은 탑을 쌓으라고 시켰다. 그러자 우원보의 보주 놈이 넉살좋게 웃어 보이며 안 그래도 그럴 참이었다고 말한다. 신공탑은 나를 위해 세워 줄 탑의 연습일 뿐이라고도 말했다.

……(중략)……

우원보의 보주는 지금 내가 있는 이 동굴 같은 곳을 탑의 꼭대기로 올릴 것이라고 말했다. 나와 내 피붙이 놈이 기록한 걸 보고는 이건 반드시 보존해야 한다고도 말하며, 이곳을 탑의 꼭대기로 놓기로 했다. 우원보의 보주는 이곳을 분리해서 탑을 만들고 있는 꼭대기 위에 재설치했다. 참으로 신기한 기술이었다.

……(중략)……

이젠 내가 백우회에서 가장 높다. 하지만 불안하다. 또다시 나를 죽이려고 온 놈이 있을지도 모른다. 나는 매일이 신경 쓰여서 잠을 잘 수가 없었다. 결국 각 층마다 탑을 지키는 것들을 설치했다. 핏빛 연못을 만들었던 것처럼 사람의 피를 모아 혈독무를 만들었다. 그리고 북해의 빙하를 가져와 혈독무처럼 자생력을 가지게 만들었다. 마지막 층에는 본교의 최고 진법인 일황로를 설치했다. 일 층에는 소림의 제자들을 데려다가 비처럼 육신을 개조하고 생각하지 못하도록 이지를 지웠다. 이 모든 것들은 본교에서 내려온 비법으로 만든 것이다. 그래서 그런 것일까? 본교의 무공을 합쳐 만든 천월 앞에 이것들이 알아서 물러났다.

……(중략)……

자고 일어났더니 온몸에 균열이 가 있다. 몸이 천월을 견디지 못한 것이다. 이제 핏빛 연못으로도 버틸 수 없다. 어서 천월을 빼야 한다. 그러지 않으면 내가 죽는다. 다시 영물의 내단들을 구해 그곳에 천월의 기운을 나누어 넣었다. 내게 천월이 없다는 걸 들켜선 안 된다.

……(중략)……

얼굴까지 퍼진 균열 때문에 더 이상 감출 수 없었다. 저들도 눈치를 챈 것 같다. 하지만 여기까지 올라오지 못할 것이다. 각 층마다 설치된 것들은 오직 천월만 피하지, 침입자들은 가만히 놔두지 않을 것이다. 아무리 백리세가와 현월교가 본교의 무공을 익혔다고 해도 그들은 일부일 뿐이다. 천월처럼 묵천마교 그 자체가 될 수는 없다.

……(중략)……

우원보가 속임수를 썼다. 이 탑을 만들면서 영패도 같이 만들었다. 이 탑에 어떤 걸 설치하더라도 그 영패에는 통하지 않는다. 나를 속였다. 우원보의 보주가 나를 속였다. 하루라도 빨리 천월을 빼돌려야 한다. 아무도 모를 것이다. 천월을 숨겨 둔 위치는 오직 나만이 알 수 있으니 말이다.〉

한 단락이 마무리되었다. 그리고 그다음 단락을 읽어도, 백리역이 남긴 기록은 없었다. 천월을 빼돌린 데는 성공한 듯했으나, 천월로 인한 몸의 붕괴는 막지 못한 듯했다. 그 핏빛 연못으로도 말이다.

'이래서 고웅천이 백우회의 시초가 가진 힘이 달의 힘이라 말한 것이군. 그리고 이 탑은 백우회를 상징하는 것이 아니었어. 백리역을 잡아내려고 만든 것이었지.'

백리운은 고개를 두리번거리다가 구석에 잔뜩 쌓여 있는 포대자루를 보고 다가갔다. 그 안을 들쳐 보니, 이물질이 없는 순수한 금덩어리들이 가득 담겨 있었다.

'이걸로 기록을 했던 건가?'

백리운은 금덩어리 하나를 손에 쥐고 기록의 마지막 부분을 찾아 그 앞에 섰다. 그곳에는 자신이 핏빛 연못을 찾고 비의 육신을 얻었다는 것까지도 상세하게 기록되어 있었다.

'회주로서 할 일은 다 한 건가?'

그러고 보니 아까 읽은 기록 중에 백리역의 피붙이도 비의 육신을 얻으려고 했다는 기록이 있었다.

'그걸 보고 자신이 한 행동을 부끄럽지 않게 생각한 건가?'

백리운은 담대천이 남긴 부분을 눈으로 빠르게 훑었다. 그리고 자신도 모르게 입을 벌리며 탄식을 내뱉었다.

"허!"

그곳에는 자신이 비들에게 한 짓과 비들이 백리극을 죽이려 한 짓 등 모든 것이 적혀 있었다. 심지어 자신이 자신의 손녀를 실험체 삼은 것과 비의 육신을 얻으려고 여러 실험을 강행한 내용까지 있었다.

'이렇게까지 자세하게 기록하다니…….'

감탄을 해야 할지, 아니면 역겨워해야 할지 구분을 하지 못했다.

백리운은 고개를 돌려 담대천이 기록한 마지막 부분 앞에 섰다. 그러고는 단락을 바꾸어서 새롭게 기록을 했다.

〈담대천은 죽었다.〉

그걸 시작으로 오늘 탑 밖에서 있었던 일부터 지금 여기에서 벌어진 일까지 상세하게 적었다. 어느새 금덩이를 다 쓰고 기록도 끝마쳤다. 그런데 백리운이 순간 벽에 기록하던 손짓을 멈추고 천천히 고개를 돌려 나설란을 쳐다봤다.

그녀는 백리운의 시선을 받자 억지로 싱긋 웃었다.

"제가 너무 많은 걸 알았네요."

"……."

그녀는 사소미안을 통해 일순간 백리운이 자신에게 살심(殺心)을 품었다는 걸 알아냈다.

어차피 여기서 살아나갈 수 있는 방법은 없었다. 설사 있더라도 나가지 않았을 것이다. 자신의 존재가 백리운에게 폐를 끼칠 수 있단 걸 깨달았다. 분명히 자신이 탑에 들어오는 걸 만인이 보았고, 사람들이 이 탑 안에 무엇이 있는지 추궁해 올 게 뻔했기 때문이다.

그녀가 부르르 떨리는 두 손을 고이 마주 잡았다.

"괜찮아요, 저는……."

"뭐가 괜찮다는 거지?"

"저를 죽여도 이해할 수 있어요. 어쩔 수 없는 선택이잖아요."

"……."

백리운이 말없이 쳐다보자 그녀가 눈꺼풀을 파르르 떨었다.

"이 역사의 한복판에서 제 개인의 목숨을 구걸할 순 없죠."

"이해를 한다니, 한결 마음이 놓이는군."

그녀가 눈을 감았다. 어느새 그녀의 눈가에서 한 줄기 눈물이 흘러내렸다.

"왜 우는 거지?"

"모르겠어요. 그냥, 눈물이 나오네요."

"이해를 한다면서."
"이해는 하지만……."
"이제 와서 겁이 나는 건가?"
"그것보다는 소가주의 손에 죽는다는 게 조금은 슬프네요."
"……."
백리운은 그 이유를 묻지 못하고 눈을 감고 있는 그녀를 가만히 쳐다보기만 했다.
이미 살심은 일었다. 천월도 동한 듯 손안에서 맹렬히 회전하고 있었다. 이걸 밖으로 끄집어내기만 하면 끝이 날 일이다.
쓰으으.
그런데 손안에 모인 천월의 기운이 신기루처럼 스러졌다. 그리고 동시에 뾰족하게 솟구쳐 올랐던 살심도 가라앉았다.
그걸 나설란도 느낀 것일까?
그녀는 슬며시 눈을 떴다. 그러자 백리운이 고개를 딴 곳으로 돌리며 덤덤하게 말했다.
"굳이 죽일 필요는 없겠지."
"저를 살려 두어도 괜찮겠어요?"
"대신 북쪽 땅으로 돌아가지 못한다. 내 시야를 벗어날 순 없는 셈이지."
"그럼 등 소저는 어쩌고요?"
"누가 그러더군. 백우회의 회주가 삼첩, 사첩 거느리겠다는데 누가 말을 꺼내겠냐고."

그녀는 피식 웃으며 고개를 숙였다.

"알겠어요. 그럼 떠나지 않을게요."

"……."

백리운은 일부러 그 말을 못 들은 척 벽과 바닥에 기록된 글자들에게만 신경을 썼다.

그렇게 기록을 읽어 내려가던 중에 문득 눈에 들어오는 구절이 있었다.

〈염무라고 했던가? 이번에 새롭게 흑우방의 방주가 되더니 마령흑우불상의 비밀을 풀었다고 한다. 나는 대수롭지 않게 생각했다. 하지만 그것이 나의 패착이었다. 염무는 자신이 직접 선봉에 서서 하남과 섬성까지 밀고 들어왔다. 예로부터 백도의 땅이었던 곳이 속속들이 넘어갔다.

……(중략)……

염무를 죽여야 한다. 염무가 살아 있는 한 흑우방을 막을 방도가 없다. 하지만 자신이 없다. 그래도 해야 한다. 오늘 밤, 나는 흑우방의 진영으로 침투한다. 염무를 죽여야지만 이 일이 끝난다.

……(중략)……

실패했다. 동귀어진이라도 하려고 했지만 내 몸만 상했을 뿐 염무는 끄떡없었다. 힘의 차이가 너무나도 명백했다. 내 자신이 이토록 무력하게 느껴진 적은 처음이었다. 내일이면 염무가

성벽을 밀고 쳐들어온다. 이 한 몸으로 안 되면, 다른 힘들까지 모아야 한다.〉

거기까지 읽은 백리운이 작은 침음을 삼켰다.

'흠, 제갈세가에서도 그랬지. 내 천월을 유일하게 밀어냈지.'

그때의 기억을 떠올리니 이 기록들이 피부로 직접 와 닿았다. 게다가 사비의 말을 따르면 흑우방에 있는 오비는 더 이상 연락이 안 된다고 하니 어쩌면 염백이 돌아왔을 가능성이 커졌다.

'마령흑우불상에 담겨 있는 흑우방 시초의 힘을 온전히 제 것으로 만들지 않았다면 돌아오지도 않았겠지.'

백리운은 심각하게 표정을 굳혔다.

'기다리면 나에게 올 것이냐? 아니면 내가 가야 하나?'

이제는 회주로서 고민해야 할 때였다.

* * *

탑 밖에는 고무진과 나시우, 그리고 담무백만이 모여 있었다. 그곳에 모였던 사사천구의 무인들은 그들이 사사천구로 되돌려 보낸 것이다.

그 주변을 어슬렁거리던 나시우가 한마디 툭 내뱉었다.

"왜 이렇게 늦게 나오지? 설마, 무슨 일이라도 생긴 건 아니겠지?"

"담대천의 손을 보지 않았소? 그 손으로는 회주를 이기지 못하오."

"그거야 모르지. 다리를 쓸 수도 있는 것이고, 그리고 또 저 탑 안에 뭐가 있는지 모르는 마당에 함부로 들어갔으니."

사실, 저 탑 안에 뭐가 들어 있는지 알고 있는 고무진도 살짝 걱정되긴 했다. 백리운의 무위를 의심하는 것이 아니라 저 안에 있는 게 더 신경이 쓰일 뿐이었다.

그때, 가만히 듣기만 하던 담무백이 동쪽 땅을 가리켰다.

"저곳을 보시구려. 동쪽 땅은 벌써부터 연회 준비를 하고 있소이다."

"성급하군. 아직 모르는 일인데."

"성급한 게 아니라 자신들의 대표를 믿는 것이겠지요. 우리들도 저들의 자세를 본받아야 하지 않겠소? 아니면 나시우 대표께선 회주보다 여동생을 걱정하는 것이려나?"

"뭐가 다르지? 회주가 이기지 못하면 어차피 설란이도 돌아올 수 없다."

고무진도 미소를 지으며 슬며시 끼어들었다.

"이제 보니 나시우 대표는 회주보다도 동생이 더 걱정되나 보오."

나시우는 고개를 휙 돌리며 대답하지 않았다.

그에 고무진과 담무백이 피식 웃어 댔다.

바로 그때였다. 탑 안에서 철을 밟는 발소리가 들려왔다.

"이제 나오나 보오."

"이겼나 보오."

발소리가 두 개인 걸로 보아, 백리운과 나설란임을 짐작할 수 있었다.

역시나, 탑 밖으로 나온 두 사람은 백리운과 나설란이었다.

"다들 물러간 건가?"

"혹시 모를 일을 대비하여 저희들이 보냈습니다."

고무진이 정중히 고개를 숙이며 말하자 백리운이 고개를 끄덕였다.

"쓸데없이 모여 있을 필요 없겠지. 최근에 이것저것 일이 많이 몰아쳐서 다들 지쳐 있을 텐데, 조금이라도 쉬게 놔둬라."

"담대천은 어찌 됐습니까?"

"죽었지."

"이제 모든 게 끝난 겁니까?"

"그래. 그러니까 너희들도 그만 가서 쉬어라."

"알겠습니다."

백리운이 돌아온 것으로 만족한 것인지 고무진은 남쪽 땅을 향해 몸을 돌렸다. 그리고 담무백도 가볍게 읍을 해 보이고선 자신의 땅으로 향했다. 하지만 나시우는 그 자리에 남아 나설란과 백리운을 번갈아 가면서 쳐다봤다.

"아무래도 설란이가 나와 가지 않을 것처럼 보이오."

"저 탑에 같이 올랐으니 어쩔 수 없지. 어디 가서 말하기라도 하면 곤란하니 내가 데리고 다니는 수밖에."

"마음대로 하시오. 살아 돌아온 걸 봤으니 됐소."

나시우가 피식 웃으며 북쪽 땅을 향해 돌아섰다.

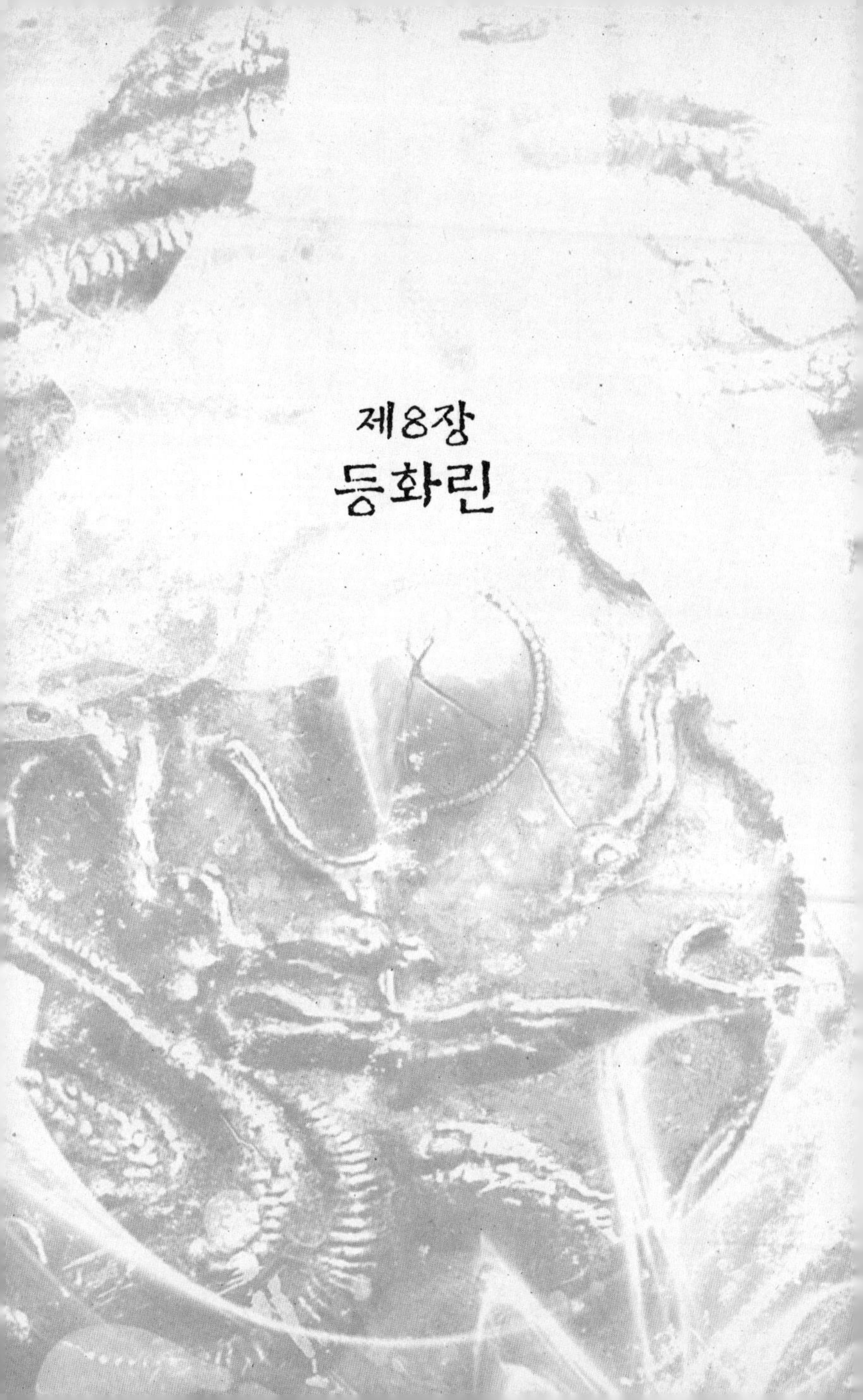

제8장
등화린

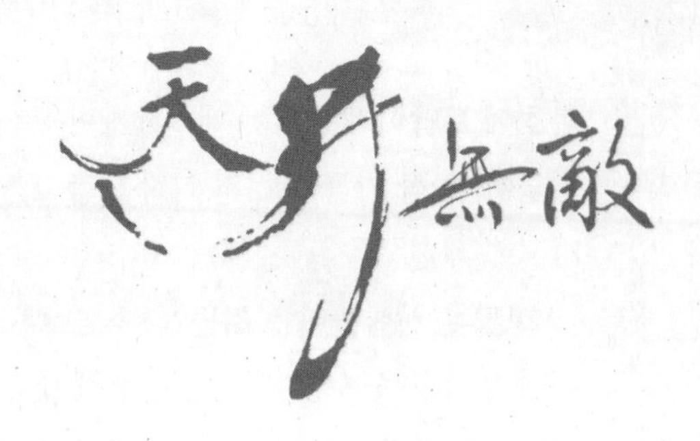

동쪽 땅에 발을 디딘 순간, 길거리에 나와 있는 사람들이 백리운의 주변으로 몰려들었다. 그동안 오래도록 동쪽 땅에선 회주가 나오지 않았다. 그래서 지금의 백리운을 바라보는 동쪽 땅 무인들의 시선에는 더욱 큰 흥분이 실려 있었다.

온 사방에서 백리운을 찬양하는 외침이 들려왔다.

백리운은 그 속에서 나설란과 함께 백리세가로 향했다. 그리고 그들을 따라 몰려든 동쪽 땅의 무인들도 백리세가 주변을 둘러싼 채 계속 백리운의 이름만 불러 댔다. 그리고 그들의 환호에 보답이라도 하듯 백리세가의 문이 열리더니 기름진 음식들이 한 상 가득 차려진 식탁을 들고 사람들이 밖으로 나왔다.

그 많은 사람들이 몰려들었음에도 백리세가에선 그들 모두에게 음식을 줄 수 있다는 것처럼 쉴 새 없이 음식을 내보냈다. 그리고 백리세가 안에서 또한 그들만의 연회가 벌어졌다. 물론, 그곳으로 들어올 수 있는 사람들은 모용세가의 가주나, 금창보의 보주 같은 인물들뿐이었다.

"감축 드리오리다."

낙위붕이 장로들을 이끌고 백리세가로 들어와, 연회장 상석에 앉아 있는 백리운을 향해 정중히 포권을 올렸다. 그에 백리운이 환하게 웃으며 고개를 끄덕였다.

"자네도 수고가 많았네. 그러고 보니 자네와 나는 연회장에서 인연을 맺었지.

"아직도 그때를 생각하면 제 얼굴이 다 화끈거리옵니다."

"걱정 말게. 내가 과거를 따졌다면 자네를 장로원에 보낼 리 없었겠지. 앞으로도 장로원을 잘 부탁하네."

"맡겨만 주십시오."

낙위붕을 따라 씁쓸한 표정의 장로들도 포권을 올리고선 연회장 한쪽에 자리를 잡고 앉았다. 낙위붕을 시작으로 모용세가에 사백단 등 동쪽 땅에 있는 대문파의 주요 인사가 모두 참석했다.

그런데도 백리운의 눈길은 누군가를 기다리는 듯 초조하기 그지없었다. 바로 옆에서 그걸 눈치챈 나설란이 남몰래 슬쩍 입을 열었다.

"등 소저를 기다리시나 봐요?"

"등 소저가 누구야?"

반대쪽에 앉아 있던 담가은이 귀를 쫑긋 세우며 끼어들었다. 그러자 백리운이 못 들은 척 괜히 헛기침만 했다.

"그러게 가 보시라니까. 끝까지 안 가고 버티더니 이게 뭐예요?"

"어딜 가는데?"

"소가주가 만나고 싶어 하는 사람한테."

담가은이 고개를 갸웃거렸다.

"나하고 설란이 옆에 있는데, 딴 사람을 생각한다고?"

그 말에 백리운은 죄라도 지은 기분이 들었다. 그래서 더욱 목에 힘을 주고 못 들은 척했다. 그리고 그때, 그토록 기다리던 제천검원의 원주, 등평부가 들어섰다. 그런데 그 혼자 들어섰다.

그는 이 앞까지 다가와 정중히 포권을 올렸다.

"회주를 뵙습니다."

"우리 사이에 그리 격을 둘 필요는 없습니다."

"아닙니다. 이제는 백우회를 이끌어 갈 몸인데, 제가 알아서 처신해야지요."

등평부가 슬쩍 고개를 숙이며 몰래 전음을 보냈다.

[화린이는 제천검원에 있습니다.]

[연회에는 오지 않는답니까?]

[자신을 지금까지 기다리게 했으니 거기서 기다릴 거랍니다. 아무래도 회주께서 직접 와 주기를 바라는 것 같습니다.]

백리운이 피식 웃었다.

[손이 많이 가는군요.]

[화린이는 운학동에 있을 겁니다.]

[꼭 그 말이 틀린 것도 아니니, 제가 가 보도록 하겠습니다.]

그 전음에 등평부는 인사를 마치고 백리사헌의 옆자리로 향했다. 그런데 등평부가 가고도 인사를 올리러 오는 사람이 많았다. 그래서 백리운은 어쩔 수 없이 몰래 빠져나가지도 못하고 계속 상석에 앉아 인사를 받아야만 했다.

* * *

제천검원의 중심에 있는 운학동.

본래 그곳은 등평부의 처소이지만 지금은 그가 백리세가의 연회장에 가고 없는 터라, 등화린이 그곳에 대신 있었다. 지금 그녀는 난생처음 입어 보는 화려한 옷을 몸에 두르고 얌전히 앉아 있었다. 그녀 혼자 있는데도 그녀의 볼에는 홍조가 떠 있었다.

어느새 밖은 밤으로 넘어가고 있는 중이었고, 밖에서 솔솔

불어오는 기름 냄새는 더욱 진해져만 갔다. 그래도 그녀는 입에 미소를 간직하고선 기다리고 있었다.

오직 한 사람을 말이다.

"언제쯤 오려나."

그녀가 눈을 똘망똘망하게 뜨며 창밖을 바라봤다. 하지만 제천검원의 입구는 아직도 텅 비어 있었다.

"오겠지……."

그때, 입구를 바라보던 그녀의 눈동자가 크게 뜨였다. 입구에서 이쪽으로 다가오는 사람 그림자가 보였기 때문이다.

밤바람을 맞고 기다란 머리카락을 흩날리며 하얀 장포를 두르고 있다.

차분하게 한 걸음씩 걸으며 서서히 다가오고 있었다.

그녀가 창에 고개를 내밀고선 고개를 갸웃거렸다.

"왜 하얀 옷을 입고 있지?"

하얀 옷은 오 년 전에나 입던 옷이다. 백우회로 돌아온 뒤로는 늘 검은 장포만 두르고 다녔다.

그 사내가 더 가까이 오자 등화린은 허겁지겁 옷매무새를 다듬으며 방 한가운데에 고이 앉았다. 그러곤 어느새 문 앞까지 다가온 사내의 그림자를 보고선 쑥스럽다는 듯이 고개를 숙였다.

덜컥 문이 열리자 그녀는 고개를 더 깊이 숙였다. 왠지 얼굴을 똑바로 마주할 수 없을 것 같았다.

그런데 그 사내가 문만 열고 아무런 움직임도 보이지 않았다. 그녀는 뒤늦게 고개를 들었다. 눈앞에는 낯선 사내가 서 있었다.

"누, 누구세요?"

"……."

사내가 말이 없자 그녀가 눈초리를 사납게 세웠다.

"누구냐고 물었어요."

"일비라고 하오."

"여기에는 무슨 용무죠? 그쪽이 올 곳이 아닌 것 같은데."

"그대를 죽이러 왔소."

그 말에 등화린은 즉시 뒤로 몸을 날리며, 벽 한가운데에 걸려 있는 검을 빼 들었다. 그러곤 그 끝으로 일비를 겨누었다.

"여기가 어디인 줄 알고 그런 소리를 함부로 내뱉는 거죠?"

"제천검원 아니오? 그리고 그대는 등평부의 여식, 등화린이고."

"살수인가요?"

"지금은 그렇소."

"누가 나를 죽이라고 하던가요?"

그녀가 표독스럽게 묻자, 일비는 품속에서 검고 둥그런 패를 꺼내 그녀의 앞으로 던졌다.

툭.

땅바닥에 떨어진 그 패에는 뿔이 쭉 뻗어 있는 반듯한 소의 얼굴이 새겨져 있었다.

그 패가 뭔지는 몰라도, 그 패에 새겨진 검은 소의 얼굴까지 모를 리 없다.

"흐, 흑우방? 흑우방이 어째서 나를……."

"그곳에 백리운의 친구가 있소. 그 친구가 소저를 죽여 달라고 했소."

그녀가 못 믿겠다는 듯이 소리쳤다.

"말도 안 돼요! 어떻게 백리운이 흑우방에 친구가 있어요?"

"흑우방의 대공자, 염백. 그자가 백리운의 친구요. 그리고 염백은 소저가 죽기를 원하오."

"마, 말도 안 되는……."

그녀가 당황해하는 사이, 일비가 성큼 다가오며 그녀가 쥐고 있는 검을 바깥으로 쳐 냈다.

챙!

그녀의 손아귀가 벌어지며 검이 쏜살같이 날아가 벽에 박혔다.

"이잇……."

그녀는 손아귀를 만지작거리며 뒤로 슬금슬금 물러섰다. 하지만 채 몇 걸음 가지 못하고 벽에 막혔다.

푸욱.

아무런 낌새도 없이 배를 뚫고 손이 들어왔다.

"어? 어……."

등화린은 몸속 깊은 곳에서부터 차오르는 피 때문에 목이 턱

막혀 오는 걸 느꼈다.

좌악!

일비가 손을 빼자 방바닥에 핏줄기가 튀었다. 그와 동시에 등화린의 무릎이 풀썩 꺾이며 바닥에 주저앉았다.

주르륵.

그녀는 금세 얼굴이 하얗게 질려서 몸이 옆으로 쓰러졌다. 머리까지 바닥에 부딪혔다. 하지만 그녀는 눈꺼풀만 파르르 떨 뿐 꼼짝도 할 수 없었다.

"……."

일비는 잠시 그녀를 내려다봤다.

'잘 가시오. 그대의 희생은 어쩔 수 없이 필요했소.'

본래 염백이 부탁한 것은 그녀를 납치해 오라는 것이었지만 일비는 그녀를 죽이는 걸 선택했다. 그래야지 염백과 백리운이 동등한 입장에서 사투를 벌이고 양패구상을 당하기 때문이다. 어느 한쪽이라도 유리해진다면 그들 같은 고수들에게는 큰 영향을 미칠 터. 그럼 양패구상을 꿈꿀 수 없다. 일비로서는 이것이 최선의 선택이었다.

그는 문을 쾅 닫고 나와 어디론가 걸음을 옮겼고, 방 안에는 등화린의 숨소리만이 나돌았다.

* * *

달빛이 은은하게 퍼질 무렵, 백리운이 빠른 걸음으로 제천검원에 들어섰다. 마음 같아서는 단숨에 달려오고 싶었지만, 자신을 붙잡고 인사를 해대는 통에 그러질 못했다.

"등 소저… 아니, 화린아. 화린아!"

등평부에게 미리 그녀가 운학동에 있음을 고지받은 백리운은 곧장 운학동으로 향했다. 그런데 운학동의 문 앞에 선 순간 백리운은 멈칫 섰다. 그리고 그의 눈동자가 서서히 커졌다. 콧속으로 생생한 피 냄새가 들어오고 있었다.

쾅!

문을 뜯어 버리며 안으로 들어간 백리운은, 방바닥에 쓰러진 채 배에서 피를 쏟아 내고 있는 등화린을 보고 무릎을 털썩 꿇었다.

"화린아……."

백리운은 온몸을 부들부들 떨며 등화린을 품 안에 안았다. 그러자 그녀의 몸이 축 늘어지며 팔다리가 힘없이 내려갔다.

차갑다.

그리고 숨소리도 들리지 않는다.

백리운이 입을 벌리고 오열을 시작했다. 하지만 그의 입에서 쉰 소리만 간간이 새어 나올 뿐, 어떠한 목소리도 들리지 않았다. 그리고 그는 죽을 것같이 괴로워하며 한없이 눈물을 쏟아 냈다.

아…….

그녀를 아무리 꽉 안아도 그녀는 꿈쩍도 안 했다.

어째서 이런 일이 벌어진 걸까?

여기서 자신을 기다리던 등화린이 어째서…….

그녀의 몸에 얼굴을 파묻고 숨넘어갈 것처럼 울어 대던 백리운이 문득 바닥에 떨어져 있는 둥그런 패를 보았다.

흑단목을 깎아 만든 패.

그 안에는 소의 얼굴이 눈을 부라리고 있었다.

'흑우방?'

그 순간 머릿속을 스쳐 지나가는 한 사람이 있었다.

'염백!'

오직 그만이 자신의 마음속에 누가 있는지 알고 있었다.

백리운은 눈을 꾹 감았다.

'이렇게까지 할 필요 있었느냐?'

그때 제갈세가에서 염백을 놓친 자신이 원망스러웠다. 그리고 이런 일이 있을까 봐, 백우회로 돌아온 뒤에 등화린을 멀리했던 자신이 싫어졌다.

살기가 치밀어 오르고 천월이 날뛰었다.

두드드드드!

운학동이 뽑혀져 나갈 것처럼 미친 듯이 흔들렸다.

그럼에도 몸 밖으로 발사된 천월의 기운은 끝없이 커져만 갔다.

콰앙!

운학동을 터트리고도 천월의 기운은 태풍처럼 사방을 몰아쳤다. 그리고 운학동의 잔해는 천월의 기운에 걸려 허공에 둥실 떠다녔다.

스스스스!

그 잔해들이 천월의 기운에 갈려 가루가 되었고, 온 사방에 흩날렸다.

하지만 백리운의 살기는 조금도 누그러들지 않고 순식간에 제천검원 전체를 집어삼켰다.

콰콰콰쾅!

천월의 기운이 만든 압력을 이기지 못하고 건물들이 터져 나갔다.

그제야 소란을 들은 사람들이 제천검원으로 몰려왔다. 그중에서도 등평부는 반쯤 넋이 나간 얼굴로 서 있다가, 맨바닥에 부복하듯이 엎드리더니 서럽게 울기 시작했다.

* * *

산맥처럼 거대한 성벽이 둥그렇게 요새를 감싸고 있다. 그 규모로만 따지면 백우회에 비할 바가 못 되나, 실질적으로는 백우회를 상대할 수 있는 유일한 곳, 흑우방이었다. 그곳은 성벽부터 요새까지 온통 검은 칠을 해두어서, 지금처럼 캄캄한 밤이 되면 간혹 사라지는 것처럼 보이거나 지형지물로 오해하기도 한다.

그 요새들 중에서도 가장 깊은 곳에서 가장 높게 솟아 있는 건물 안에서, 염백이 의자에 앉아 있었다. 그는 지금 일비가 벌인 만행을 보고받고 지금까지 아무 말도 하지 않았다.

그래서 그런 것일까?

그의 앞에 모여 있는 장로들과 흑우방의 주요 요직 인물들은 고개를 푹 숙인 채 꿈쩍도 않고 있었다. 그나마 염백의 옆에서 평생을 보살펴온 사중현만이 간간이 염백의 눈치를 보고 있었다.

염백이 입을 연 것은 한참이 지나고 나서였다.

"일비가 꽤나 큰 사고를 친 것 같군."

그 말에 옆에서 시립해 있던 사중현이 정중하게 고개를 숙였다.

"처음부터 일비를 이용하는 것은 도박이었습니다."

"어쩔 수 있나? 백우회는 우리보다 월등히 수가 많으니 정공법으론 이길 수 없지. 그러고 보면 결국엔 뜻은 통한 것 같군. 지금쯤 백리운의 심기는 많이 흐트러져 있을 테니."

"지금 이 사태를 이용하는 것도 좋은 방법인 것 같습니다."

"어떻게 말이냐?"

"일단 이 모든 일의 전말을 알리고, 일비에게 책임을 돌리는 겁니다. 그리고 일비를 잡아 놨다고 하고 백리운만 따로 불러내는 게 어떻습니까? 어차피 일비는 당분간 모습을 드러내지 못할 겁니다."

염백이 심각하게 표정을 굳혔다.

"결국엔 백리운을 잡아야만 끝이 나겠군."

"설사 이긴다 하더라도 방주님께서 큰 피해를 입을 겁니다. 그래서 말인데, 차라리 흑우방 전체를 움직여서 백리운을 잡는 건 어떻습니까?"

그 뒤로 이어진 말에 염백이 찝찝한 얼굴로 고개를 끄덕였다.

"방의 미래가 달려 있는 만큼 내 자존심만 세울 순 없는 법이겠지."

"허락하시는 겁니까?"

"어쩔 수 있나? 그대로 일을 처리하게."

"알겠습니다."

사중현이 깊이 머리를 숙이고는 바깥으로 물러났다. 그러자 염백이 반대쪽으로 고개를 돌려, 그곳에 서 있던 시비에게 말했다.

"붓을 가져오너라."

* * *

동쪽 땅에서 등화린의 장례가 열렸고, 주위에는 제천검원의 검사들이 하얀 옷을 입고 고개를 숙인 채 서 있었다. 그리고 조문행렬이 끊이질 않았다.

동쪽 땅은 물론, 이 소식을 들은 다른 땅의 주요 인물들도 다녀갔다. 하지만 그곳에서 백리운의 모습은 찾아볼 수 없었다. 그는 역대 모든 회주들이 그랬듯이 우당각을 떠나 순연의 땅으로 들어섰다.

그는 그곳에서 밖으로 나오질 않았다. 백리운의 새로운 처소도 여전히 곽가량이 지켰고, 그 안에는 염악종이 같이 있었다. 하지만 나설란과 담가은은 우당각에 그대로 남겨 두고 떠났다. 그리고 그녀들도 백리운의 마음을 이해한 것인지, 등화린의 장례식이 끝날 때까지 백리운을 찾아가지 않았다.

그렇게 등화린의 장례가 끝나고 백우회는 온통 긴장 상태로 접어들었다. 그리고 백리운이 명령을 내리지도 않았는데도 자연스럽게 전쟁 준비에 들어갔다. 하지만 백리운은 여전히 침묵으로 일관했다.

세상의 이목이 집중된 지금.

백리운은 처소에서 한 장의 서찰을 읽고 있었다.

그 서찰의 상단에는 흑우방을 나타내는 검은 소의 얼굴이 직인으로 찍혀 있었다. 그래서일까? 읽는 내내 그의 표정이 좋지 않아 보였다.

"일비가 이 모든 일을 벌인 거라고?"

그 서찰에는 일비가 중간에서 장난질을 쳤다는 내용이 있었다. 하지만 그 말을 무턱대고 믿기에는 한 가지 걸리는 점이 있었다.

"일비가 등화린과 나의 관계를 어떻게 알고?"

그 부분이 얼버무려 있었다. 이건 아무리 생각해도 일비와 염백이 결탁을 했다가 중간에 일비가 배신을 한 것으로밖에 안 보였다. 문제는 이 서찰에 적힌 마지막 문구였다.

〈등 소저를 죽인 일비는 우리가 잡았네.
자네가 원하면 기꺼이 넘겨주지.〉

함정일 가능성이 농후했다. 문제는 그것이 함정이든 말든 상관하지 않는다는 점이다.

"일비도 있고, 염백도 있다."

그럼 된 거다. 그 둘 중에 한 사람을 빼놓고 지금 이 일을 설명할 방법이 없다.

"염악종."

"왜?"

서찰이 왔을 때부터 주변에서 어슬렁거리던 염악종이 쳐다봤다. 뭔가를 기대하는 눈빛이다. 하긴 그동안 오래도 참아 왔다.

"사사천구의 대표들과 백리후를 데려와라."

"제길. 싸움이나 실컷 하는 줄 알았더니만, 이런 잔심부름만 시켜 대네."

자신이 기대했던 말이 나오지 않자 염악종이 투덜거리며 나갔다. 그리고 얼마 지나지 않아 담무백과 고무진, 나시우, 그리고 백리후가 나란히 들어왔다.

그들은 안으로 들어오자마자, 몸에 한기가 돌 정도로 무언가 싸하고 무거운 분위기를 느꼈다.

"회주를 뵙습니다."

네 명이 정중히 포권을 취하자마자, 백리운이 곧장 본론을 꺼냈다.

"내가 흑우방을 치겠다고 하면 반대할 사람 있나?"

"다들 기다리고 있었소."

"이미 준비를 마쳤소."

"명령만 내리면 되오."

세 대표가 말하자, 백리운의 시선이 그들과 나란히 서 있는 백리후에게로 향했다.

"동쪽 땅은?"

"특별한 말은 없지만, 다들 흑우방으로 간다고 생각하고 준비를 마친 듯합니다."

"좋다. 하지만 다 갈 순 없겠지. 그리고 무턱대고 갔다가는 위험할지도 모르고."

백리운이 손에 쥐고 있던 서찰을 고무진을 향해 내던졌다.

"이건 무엇입니까?"

"읽어 봐라."

서찰을 잡은 고무진이 대표들과 백리후에게 잘 보이도록 펼치며 글씨를 읽어 내려갔다. 그런데 그 서찰을 읽는 대표들의 눈빛이 멈칫하며 크게 흔들리는 게 보였다. 나시우가 고개를 획 돌리며 백리운을 쳐다봤다.

“염백과 친구이셨습니까?”

“오 년 전에 백우회에서 쫓겨나고 무한에 있을 때 친구가 됐지. 그때 당시에는 그 친구… 염백이 힘을 가지고 있다는 것만 알았지, 흑우방의 대공자였다는 건 몰랐다.”

“그래서 염백이 등 소저와 회주의 관계를 알고 있던 것이었소?”

“그래. 정확히 내 약점을 노리고 들어온 거지.”

백리운이 덤덤히 말하자 오히려 묻는 나시우가 민망해했다.

“유감이오.”

“지금은 그것보다 흑우방에 신경 써야 할 때다. 먼저 그 서찰에 적힌 대로 흑우방이 일비를 잡고 있을 거라 생각되는가?”

담무백이 고개를 저으며 끼어들었다.

“그럴 확률은 낮지 않겠습니까? 염백과의 약속을 저버린 일비가 흑우방으로 돌아갈 리 없지요.”

“만약에 흑우방 측에서 따로 일비를 잡아들인 거라면?”

“그럼 가능성이 있습니다. 결탁을 한 것을 보면, 일비의 행로를 잘 알고 있을지도 모르지요.”

“우리 측에서는 아직 일비의 행방을 찾지 못했고?”

담무백이 송구스럽다는 듯이 말끝을 흐렸다.
"원래 귀신같이 숨어 다니던 놈들이어서……."
"어쩌면 흑우방에 잡혀서 찾을 수 없는 걸지도 모르지."
"어느 것 하나 단정 지어선 안 되오."
"일비가 있든 없든 흑우방도 책임이 있다."
그 말에 고무진이 옆에서 다시 입을 열었다.
"어차피 준비는 끝났습니다. 명령만 내리신다면 곧바로 흑우방을 향해 진격할 수 있습니다."
"흑우방은 나 혼자 간다."
"위험합니다. 듣기로는 염백이 마령흑우불상의 비밀을 풀었다고 하던데……."
"그래서 나 혼자 간다. 예전에 마령흑우불상과 한 번 부딪쳐 본 적이 있다. 그 앞에 우르르 몰려가 봤자 염백의 손끝 하나 건들지 못할 것이다."
그 말에 대표들은 백리운이 탑 앞에서 백우십성단의 무인들 천 명을 혼자 처리하는 광경을 떠올렸다.
"한 번 부딪쳐 보셨으니 염백의 힘을 잘 알고 있겠소?"
담무백의 물음에 대표들이건, 백리후건 가릴 것 없이 백리운에게 시선이 돌아갔다. 그만큼 마령흑우불상이 주는 압박감은 상당했다. 지금껏 그 건재하던 백우회조차 멸문 직전까지 밀어버린 불가사의한 힘.
백리운은 그때를 떠올리자 괜히 손이 따갑게 느껴졌다.

"잠깐 이 손으로 마령흑우불상이 뿜어내는 기운을 만진 적이 있지. 내 힘에 전혀 밀리지 않더군. 아마 마령흑우불상의 비밀을 풀었다면 염백은 나와 비슷한 무위를 갖추었을 것이다. 그러니 괜히 떼거리로 몰려가 봤자 추풍낙엽처럼 나가떨어질 것이다. 내가 백우십성단의 무인들에게 그랬던 것처럼 말이다."

"그런 힘이 아니라면 백우회를 멸문 직전까지 몰아갈 수도 없을 테지요. 어쨌든 우리가 할 일은 백우회에서 조용히 집을 지키는 것뿐입니까?"

"섬세한 작업을 해야겠다. 그 약속 장소 부근에 진영을 설치하고 본회의 사람들이 그곳에 있는 것처럼 꾸며라."

"가짜로 말입니까?"

"행여나 염백이 그쪽으로 쳐들어가면 애꿎은 사람들만 죽을 뿐이다. 진영만 치고 연기만 피워라. 사람들이 있는 것처럼 말이다. 그럼 내가 흑우방으로 가지."

고무진이 눈을 날카롭게 세웠다.

"이중으로 덫을 놓는 것입니까?"

"그런 셈이지. 그리고 그만큼 섬세한 작업이 필요할 것이다. 백우회 전체가 움직이는 것처럼 보이려면 실제로 움직여야겠지."

"만약 염백이 눈치챈다면, 회주가 고립되는 것은 물론이거니와 우리도 크나큰 타격을 입을 수 있습니다."

"그 정도는 감수해야지."

백리운이 확고한 의지를 보이자 다들 슬며시 고개를 끄덕였다. 대충 동의하는 분위기였다. 정확히 말하자면 회주의 말에 토를 달지 않았다. 그것이 전통적으로 내려온 암묵적 규칙이기도 했기 때문이다.

"다들 뭉쳐서 움직이되 고무진은 따로 할 일이 있다."

"무엇입니까?"

"구현단을 풀어서 일비의 행방을 찾아보도록. 흑우방에 일비가 없을 수도 있으니."

구현단이라면 그런 일에 최적화된 조직이다.

고무진은 자신 있게 고개를 끄덕였다.

"본회가 흑우방의 시선을 뺏으려고 움직인다면 일비도 그곳에 집중할 터. 그사이에 구현단이 충분히 알아 올 것입니다."

"쉽진 않을 것이다. 그러니 무리하지 말고 행방 정도만 알아와라."

"예."

고무진이 마저 고개를 끄덕이자, 백리운이 대표들을 쓱 훑어보며 말했다.

"그럼 가서 준비하도록. 나는 염백에게 보낼 서찰을 써야겠다."

〈호남성(湖南省)에 천자산(天子山)라는 곳이 있네.

그 주변에는 흑우방과 백우회의 지부가 없을뿐더러 호남성

자체도 어느 쪽에 속해 있지 않지.

그곳에서 보는 게 어떤가?

자네와 나, 단둘이서 말일세.

자네가 나오는 걸로 알고 나는 그곳에서 기다리고 있겠네.〉

그 밑에 만날 시간까지 쓴 백리운은 붓을 내려놓고는 의자에 몸을 푹 기댔다.

그때 곽가량이 들어와 물었다.

"밖에 나설란 소저와 담가은 소저께서 와계십니다."

"돌려보내도록."

"알겠습니다."

곽가량이 다시 밖으로 나갔다. 그러자 잠시 소란이 일더니, 문을 발로 차며 담가은이 안으로 들어왔다. 그녀의 뒤에서 나설란이 눈을 똥그랗게 뜨고 졸졸 따라왔다.

열린 문 사이로 배를 부여잡고 있는 곽가량이 보였다.

지금 곽가량의 무위로 담가은을 막을 순 없으리라.

백리운이 작은 한숨과 함께 물었다.

"하아. 무슨 일이지?"

"무슨 일이긴!"

열을 내는 담가은을 말리며 나설란이 조신하게 앞으로 나왔다.

"등 소저의 장례식에도 오지 않고 여기에만 계셔서 한번 와

봤어요."

"아무 문제 없으니 가 보도록."

"저는 탑까지 올라갔는데도 저를 멀리하시려고요? 제가 보이는 곳에 있어야 한다고 하지 않으셨나요?"

"그리 생각 없이 떠벌리고 다닐 거라곤 생각하지 않는다. 그만 물러가라."

"싫어요. 저도 여기 있을래요."

"나도 여기 있을 거야."

담가은까지 꼭 붙어서 말하자 백리운이 그녀들을 빤히 바라봤다.

"위험할 수도 있다."

"저희가 등 소저처럼 될까 봐 걱정되시나요?"

"염백은 위험하다. 너희들을 지켜 주지 못할 수도 있어."

"우리가 언제 지켜 달라고 했나요? 그냥 우리가 옆에 있겠다잖아요."

"……."

그녀가 눈물을 글썽거리자 백리운은 고개를 돌렸다.

"나중에 다시 얘기하지."

백리운은 의자를 박차고 일어나 서찰을 가지고는 밖으로 휑 나가 버렸다.

그에 담가은이 옆구리에 손을 얹으며 볼에 바람을 빵빵하게 불어넣고선 불만 가득 담긴 표정을 지었다. 하지만 나설란은 백리운이 나간 방향을 보며 안쓰럽다는 듯이 눈 끝을 축 늘어트렸다.

＊ ＊ ＊

백리운이 보낸 서찰을 단숨에 읽어 내린 염백은 깊은 시름에 잠기며 눈을 감았다. 그러자 옆에서 사중현이 슬쩍 입을 열었다.

"지금 백우회에서 대대적인 움직임을 보이고 있다고 합니다. 들리는 바에 의하면, 호남성까지 내려올 생각이라고 합니다."

"호남성까지만 올 듯하다. 천자산까지 데리고 올 생각이면 그렇게 눈에 띄게 움직이지 않았겠지."

"우리 병력도 호남성까지 보내 놔야 하지 않겠습니까?"

그 말에 염백이 눈을 뜨며 말했다.

"천자산에는 나 혼자 간다."

"그러다가 일비가 우리 측에 없다는 걸 알아차리기라도 한다면……."

"천자산에 빈손으로 올라간 순간 알아차릴 것이다. 어차피 이리 만나기로 한 이상 더는 속일 수 없다."

"하지만 그렇다고 천자산에 혼자 보낼 수 없습니다. 백우회 전체가 다 움직이는 마당에 회주님 혼자 가겠다니요?"

"백우회 놈들이 천자산까지 올라오진 않을 것이다. 아마 그 주변에서 대기하고 있겠지. 그게 아니라면 이렇게 티 나게 움직이지도 않았을 것이고… 그럼 나는 그 뒤를 노린다."

사중현이 눈썹의 끝을 날카롭게 세웠다.

"백리운이 천자산에 간 사이에 그 주변에 있는 백우회 놈들을 치실 생각입니까?"

"맞붙으면 인원수에서 밀린다. 그놈들을 최대한 줄여 놔야지 이길 수 있다."

"장기전으로 갈 가능성이 큽니다."

"그럼 백우회를 상대하면서 며칠 만에 끝날 거라 생각되나?"

사중현의 표정이 묘하게 변했다. 좋으면서도 싫은 듯한 표정이었다.

"계획은 좋습니다만, 한 가지 걸리는 점이 있습니다."

"뭔가?"

"백리운입니다. 그자는 사사천구를 며칠 만에 통일하고 담대천을 몰아냈습니다. 다른 사람은 미처 대비할 틈도 없이 순식간에 몰아친 것입니다. 아무래도 거기에 사사천구의 대표들이 속절없이 무너진 게 아닐까 생각이 듭니다."

"그래서 내가 먼저 치려는 게 아니냐? 백리운이 판을 깔지 못하도록 내가 먼저 흔들어 놓을 생각이다. 그래서 내가 새로 판을 짜고 내가 만들 생각이다."

"백우회를 상대로 판을 짠다는 것은 꽤나 어려운 작업일 겁니다."

"그럼 한시라도 빨리 움직여야겠군."

염백은 한 점 걱정 없는 얼굴로 자리에서 일어섰다.

* * *

염백은 흑우방을 나와 호남성에 들어서기까지 매를 통해 꾸준히 서찰을 받았다. 백우회의 병력이 움직이는 경로를 확인하기 위해서다.

'역시, 내 예상이 맞았군.'

호남성을 넘어와 천자산 부근에서 자리를 잡고 서찰을 읽었다. 그 서찰에는 백우회의 병력이 천자산 부근까지도 가지 않고, 천자산에서 북동쪽으로 꽤 멀리 떨어진 석문이라는 곳에서 멈춰 있었다. 그곳에서 아예 막사를 치고 진영까지 구축하더니, 며칠째 움직이지 않다고 한다.

'백리운은 서찰을 보내면서 먼저 움직였을 터. 지금쯤이면 천자산 근처까지 다 와 있을 것이다.'

염백은 천자산으로 이어지는 오르막길을 앞두고 동쪽으로 몸을 틀었다. 천자산을 돌아 석문으로 가기 위함이다.

석문까지 꼬박 이틀이 걸렸다.

염백은 그 이틀 동안 쉬지도 않고 달려왔고, 마침내 평야를 뒤덮은 막사들을 보고 멈춰 섰다. 그 막사에는 백우회를 상징하는 깃발이 군데군데 꽂혀 있었고 막사의 일정 구간마다 모락모락 연기가 피어오르고 있었다. 아직 아무것도 모르는 듯 저 진영은 조용하기만 했다.

"허를 찔러야 하는 법. 밤까지 기다릴 수 없다."

아직 해가 쨍쨍 빛나는데도 염백은 지체 없이 몸을 날렸다.

후우우우!

그의 뒤로 거대한 바람이 꼬리처럼 늘어지며 엄청난 풍압을 형성했다. 그만큼 염백이 날아가는 속도는 형체도 잃을 만큼 빨랐다.

그런데 순식간에 거리를 좁혀 가는 염백의 얼굴이 점점 일그러지기 시작하더니 돌연 눈을 부릅떴다.

'설마?'

그 진영을 지키는 보초조차 한 명도 보이지 않았다. 그리고 가까이 다가갈수록 인기척도 느껴지지 않았다. 마치 공동묘지에 온 것처럼 싸한 기분이 들었다.

염백이 그 진영을 앞두고 오른손을 뻗어 허공을 격했다.

콰콰콰쾅!

허공에서 밀려드는 대기가 단박에 막사 여러 개를 덮쳤다.

막사를 이루고 있던 천막이 태풍에 휩쓸린 것처럼 뜯겨져 나갔고 막사가 박혀 있던 땅바닥은 구덩이처럼 깊게 파였다. 하지만 그 어디에도 사람 시체는 보이지 않았다. 처음부터 막사 안에 사람이 없었던 것이다.

"함정인가?"

염백이 빠르게 주변을 둘러봤지만, 딱히 느껴지는 기운은 없었다. 정말로 온 사방이 텅 비어 있었다.

그에 염백이 막사들을 향해 격공자를 퍼붓기 시작했다.

콰콰콰콰쾅!

천막이 터져 나가고 막사가 가리고 있던 내부 공간이 훤히 드러났다. 하지만 그곳에도 사람은 없었다.

콰앙!

순식간에 마지막 막사까지 쳐 냈다. 이번에도 사람은 없었다.

"도대체 뭐지?"

매복한 사람도 없고 달랑 막사만 놓여 있었다.

염백은 아무리 생각해도 이 상황을 이해할 수 없었다.

자신을 이쪽으로 끌어들였다면 그 이유가 있을 터.

그 순간 염백은 벼락이라도 맞은 것처럼 몸을 부르르 떨었다.

"나를 빼내려고 한 건가?"

자신이 백리운을 빼내려고 했던 것처럼 백리운이 똑같은 계략을 쓴 것이다. 문제는 백리운이 짜 놓은 판인 것도 모르고 자신이 움직였다는 것이다.

"제길!"

염백이 몸을 틀어 왔던 길을 되돌아갔다. 무엇을 노리고 자신을 빼낸 건지, 그제야 알아차렸기 때문이다.

지금 자신이 없는 곳은 다름 아닌 흑우방이었다.

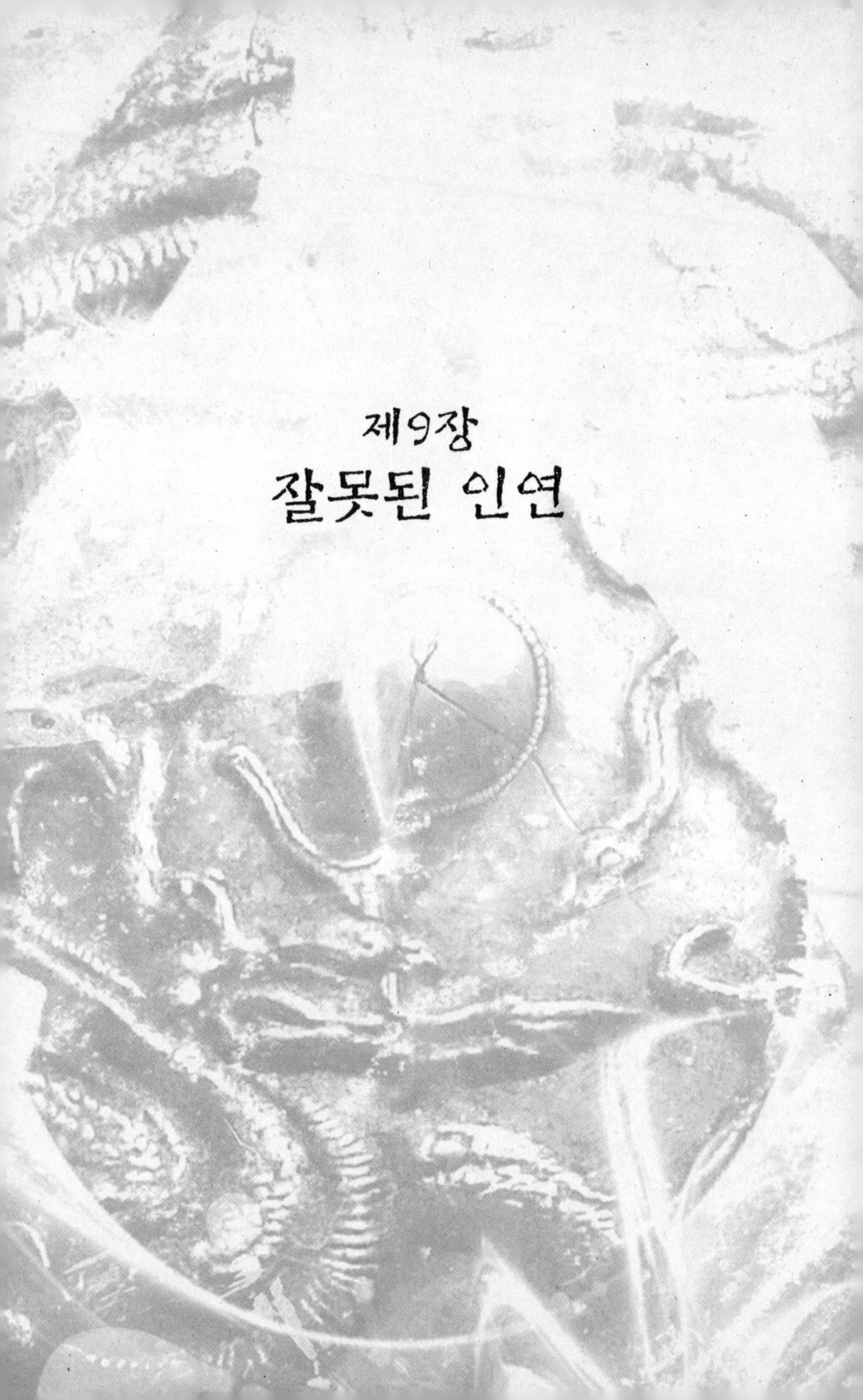

제9장

잘못된 인연

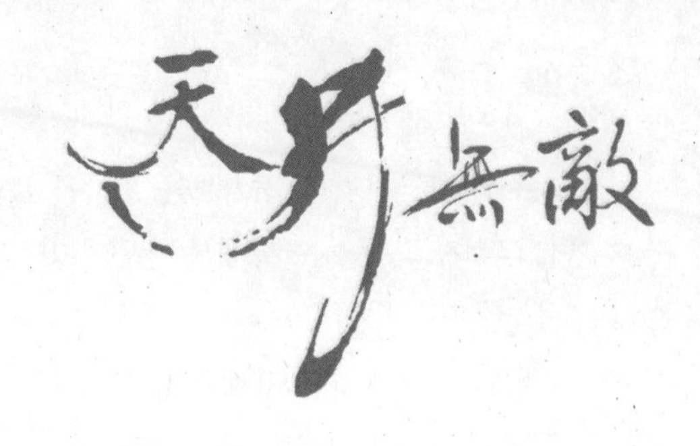

그와 같은 시각, 흑우방의 성채.

양옆으로 끝없이 펼쳐진 검은 성벽 위에서 보초를 서고 있던 무사가 저 멀리 어둠 속을 걸어오는 한 사내를 보고 고개를 갸웃거렸다. 가끔 길을 잘못 들어서 이곳을 오는 경우가 있었지만, 성채가 워낙 커서 대부분 이 근처까지 오지도 않고 되돌아갔다. 그런데 저 사내는 당당히 이 앞까지 걸어오는 게 아닌가? 너무 당연한 것처럼 다가오니 보초를 서는 무사가 어리둥절할 지경이었다.

"야, 야. 저기 봐봐."

옆에서 다른 곳을 지켜보는 무사를 불러 저 사내를 가리켰다. 그러자 그 무사도 고개를 갸웃거리며 봤다.

"누구지?"

"일단 알려야 하는 거 아니야?"

"저기 성문을 지키는 문지기들이 알아서 처리하지 않을까?"

뒤늦게 그 사내를 발견한 문지기들이 다가가 뭐라 말하는 광경이 눈에 들어왔다.

"그래. 쟤들이 알아서 하겠지, 뭐."

그제야 성벽 위에 있던 두 무사는 다른 곳으로 눈을 돌렸다.

그때였다.

콰앙!

귀청을 찢는 굉음과 함께 성벽이 흔들렸다. 하마터면 그 위에 있는 두 무사는 성벽 아래로 떨어질 뻔했다.

"뭐야?"

"이 씨! 적인가?"

겨우 균형을 잡고 성문 쪽으로 고개를 돌렸건만…….

그곳에 보이는 것은 성문이 통째로 날아가서, 성벽에 균열이 가고 있는 광경이었다. 그리고 산산조각 난 성문의 잔해가 비처럼 떨어지고 있었다.

그 중심에는 아까 보았던, 그 알 수 없는 사내가 똑바로 서 있었다.

검은 장포를 두르고 긴 머리카락을 나풀거리는 사내.

그가 백리운임을 알 리 없는 성벽 위에 보초들은 그저 적이 쳐들어왔다는 소리만 내뱉고 있었다.

"무슨 일이냐?"

처소 안에서 조용히 잡무를 보던 사중현이 갑작스레 울린 굉음에 놀라 바깥으로 뛰쳐나왔다. 그리고 뻥 뚫려 있는 성문과 성벽에 나뭇가지처럼 뻗어 있는 균열을 보고 눈을 휘둥그레 떴다.

"어찌 된 일이냐?"

그때 뚫린 성문을 통해 천천히 걸어 들어오는 사내를 보았다.

아주 익숙한 얼굴의 사내, 백리운이었다.

"……!"

사중현은 그 자리에서 몸이 굳어 버리며 얼굴까지 하얗게 질렸다.

이미 그의 무력을 제갈세가에서 한번 본 적이 있기에, 지금 백리운을 향해 달려가는 흑우방의 제자들이 얼마나 위험한 짓을 하고 있는지 잘 알고 있었다.

"멈춰! 멈추란 말이다!"

사중현이 미친 듯이 소리치며 백리운에게 덤벼드는 무인들을 말렸다. 그러자 사방에서 쏟아져 나왔던 흑우방의 제자들이 백리운의 주변만 둘러싸고선 제대로 덤비지도 못했다.

피식.

백리운이 비웃으며 걸음을 옮겼다. 마음 같아선 그가 한 발자국 내디딜 때마다 자신도 한 발자국 물러서고 싶었다.

"오랜만이군, 사중현."

"오, 오랜만이오."

"그때, 제갈세가에서 보고 처음 보는 거지?"

"이리 자주 만날 줄 알았으면, 무한에 있을 때 조금 더 잘해 줄 걸 그랬소."

"충분히 잘해 줬네. 기루에 가면 술도 마음껏 내주고 말이야."

사중현이 쓰게 웃었다.

"그런데 여긴 웬일이시오? 방주님을 만나러 천자산에 올라가야 하는 것 아니오?"

"지금쯤이면 눈치챌 법도 하지 않나?"

사중현의 눈썹이 파르르 떨려 왔다.

"방주님을 빼내기 위한 속임수였소?"

"그런 셈이지."

"이거 참… 그래도 백우회는 무사하지 못할 것이오. 방주님께선 처음부터 천자산에 가지 않고, 백우회의 무인들이 몰려 있는 석문으로 가셨소."

"그것도 속임수였다."

사중현의 눈동자가 크게 흔들렸다.

"마, 말도 안 되는……! 분명, 백우회가 호북성으로 내려가는 걸 확인했소이다."

"백우회에서 나와 남쪽으로 향하기는 했지. 하지만 호북성으로 간 것은 아니다. 그저 네놈들의 눈을 속이기 위해 움직였을 뿐."

"이중으로 덫을 놓을 줄이야……."

사중현은 그걸 파악하지 못한 자신을 원망하며 눈을 감았다.

석문에서 이곳 귀양까지 염백이 온몸을 내던져도 며칠은 걸린다. 그리고 지금 이곳에는 백리운을 상대할 만한 고수가 없었다. 그렇다고 백리운의 손에서 도망칠 수 있을 것 같지도 않았다.

아무리 머리를 굴려도 좋은 수가 떠오르지 않았다.

순간 눈앞이 캄캄해지는 것 같았다.

'돌파구가 보이지 않는다.'

사중현이 갑자기 고개를 푹 숙이자 주변에 모여든 흑우방의 제자들이 이상한 눈초리로 바라봤다. 지금 그들은 여기 침입자가 있는데 왜 멈추라고 명령을 내린 건지 궁금했다.

잠시 침묵하던 사중현이 천천히 입을 열었다.

"도망쳐라……."

다들 눈만 동그랗게 뜨고 사중현을 쳐다봤다. 지금 자신들이 잘못 들은 줄 알았다.

"도망쳐라. 어서!"

그가 입이 찢어져라 소리 질렀다. 하지만 다들 주춤거리기만 할 뿐 그 명령을 따르지 않았다.

상대는 고작 한 명이다. 그런데 흑우방의 한복판에서, 흑우방의 제자들보고 도망가라고? 만약 그 명령을 내린 사람이 염백의 심복인 사중현이 아니었다면 들은 체도 안 했을 것이다.

사중현이 온몸의 힘을 쥐어 짜내며 소리쳤다.

"도망치라고! 이 병신 새끼들아!"

그때였다.

서걱!

흑우방의 제자들 사이로 섬뜩한 소리가 파고들었다. 그 소리의 시작은 옆으로 쭉 뻗은 백리운의 손끝이었다.

뚜두둑.

그 손끝에서 핏방울이 떨어졌다.

"......?"

그때 흑우방의 무인들이 모여 있는 곳에서 핏줄기가 치솟았다.

투투투툭.

머리통이 떨어졌다. 하나도 아니고 넷이다.

백리운이 손을 뻗는 것도, 어떤 기운이 목을 스치고 가는 것도 느끼지 못했다.

그래서 머리를 잃은 시신이 뒤로 넘어갈 때까지도 흑우방의 제자들은 무슨 일이 생긴 건지 제대로 깨닫지 못했다.

쿵!

목 잃은 시신들이 넘어가고 그제야 흑우방의 무인들이 정신을 퍼뜩 차렸다.

채채채챙!

다들 날카로운 무기들을 꺼내고 살벌한 기세를 뿌렸다.

분위기가 순식간에 달라졌다.

공기가 무겁게 가라앉으며 숨 막히도록 조여 왔다.

흑우방, 그 이름값을 했다.

하지만 백리운에게는 조금도 미치지 못했다. 자잘한 돌멩이들이 모여 봤자 돌멩이들이다. 산맥처럼 굳건한 천월을 뚫을 순 없었다.

그걸 잘 알고 있는 사중현은 반쯤 울부짖으며 소리쳤다.

"도망쳐! 도망치란 말이다!"

하지만 피를 본 이상 그의 말이 귀에 들어올 리 없었다.

흑우방의 무인들은 무서운 기세로 달려들었다. 넓게 퍼져 있던 그 많은 인원이 순식간에 좁혀 오자 백리운이 운신할 수 있는 공간이 완벽하게 차단되었다. 하지만 그는 개의치 않는다는 듯 양손을 떨쳤다.

차앙!

눈부신 빛살이 번뜩이더니, 흑우방의 무인들을 꿰뚫고 지나갔다.

그저 빛이 한 번 번쩍이고 사라진 것 같았다.

그런데 달려들던 수백 명의 흑우방 무인들이 그 자리에서 멈췄다. 그리고 그들 때문에 뒤에서 달려든 흑우방의 나머지 무인들도 멈춰 서야 했다.

"뭐지?"

"왜 멈춰!"

뒤에서 성질 급한 사람들의 목소리가 넘어왔다. 하지만 한 번 멈춘 흑우방의 무인들은 다시 움직이지 않았다.

그리고 그 순간…….

파파파파팟!

수백 명에 달하는 흑우방 무인들의 몸이 눈 깜짝할 새에 수천 조각으로 찢겨져 나갔다.

온 사방에 피가 튀며 땅바닥을 붉게 물들였다. 그리고 그 위로 손바닥만 한 크기로 조각난 살점들이 뼛조각과 뒤섞여 소낙비처럼 떨어져 내렸다.

수백 명이 동시에 피를 흘리니 연못처럼 고이기 마련. 그 위에 살점이 떨어지니 연꽃처럼 둥실 떠올랐다. 하지만 그 광경이 연꽃처럼 아름답게 보이진 않았다.

아주 잔혹했고, 진저리칠 만큼 참혹했다.

흑도의 무인들마저 일순간 멈칫할 만큼 말이다.

"……."

그 일대가 고요에 잠겼다.

다들 돌이라도 된 것처럼 꿈쩍도 안 했다.

스윽.

백리운이 양손을 들며 씩 웃었다.

그 미소를 본 사중현이 다리가 풀려 그 자리에 주저앉았다.

"제… 길……."

백리운의 손에서 뿜어지는 샛노란 빛덩어리.

그것은 꼭 달처럼 보였다.

그리고 그것이 사중현이 생전 마지막으로 본 광경이었다.

* * *

밤이다.

달이 뜨고 세상이 어두워졌다.

그 속에서 들리는 일정한 발소리가 흑우방의 검은 성채를 향했다.

저벅저벅.

평소에는 머리카락 한 올까지 정리하고 다니는 깔끔한 인상이었지만, 여기까지 쉬지 않고 달려오느라 염백의 꼴이 말이 아니었다. 옷은 땀으로 젖어 퀴퀴한 냄새가 진동하다 못해 누렇게 물들어 있었다.

하지만 그는 거친 숨 한 번 토해 내지 않고 흑우방의 성벽 앞에 섰다.

성문이 뚫려 있고 그 바닥에는 뾰족하게 뜯겨져 나간 나무 조각이 아무렇게나 널려 있었다. 그리고 성벽에는 거미줄처럼 복잡한 균열이 쫙쫙 펴져 있었다.

그 단면만 봐도 무슨 일이 있었는지 짐작이 갔다.

자신이 없는 곳에서 백리운을 상대하는 것은 무리였을 것이다.

염백이 한 걸음 내디뎠다가 다시 멈칫 섰다. 사방에서 피비린내가 떠밀려 왔기 때문이다.

“인기척이 없군.”

피 냄새는 이리 진동하는데 사람의 호흡 소리는 들리지 않았다.

염백이 인상을 굳히며 다시 걸음을 움직였다. 한 걸음씩 나아가며 성채 안으로 들어갔다.

성문을 넘자마자 발을 디딜 틈도 없이 땅바닥이 온통 피로 뒤덮여 있었다.

첨벙.

피를 밟고 안으로 들어갔다. 이제는 핏물 위에 떠다니는 살점들도 있었다. 그리고 그 살점들은 마치 손으로 쥐어뜯은 것처럼 까칠한 단면을 자랑했다.

지붕 위에 널린 살점들이 조금씩 미끄러지고 있었다.

그때쯤 되니 피비린내에 머리가 아플 지경이었다.

뚝.

염백이 걸음을 멈춰 서고 정면을 바라봤다. 그곳에 한 사람이 우뚝 서 있었다. 그자는 검은 장포를 두르고 있어서 꼭 어둠 속에 서 있는 것처럼 보였다.

염백은 그가 백리운임을 단박에 알아봤다.

"만나서 반갑군, 친구여."

"나도 반갑네."

염백이 고개를 끄덕이며 주위를 둘러봤다.

그 넓은 요새가 수십 년 동안 발길이 끊긴 폐허처럼 공허해 보였다.

어쩌면 폐허보다도 더 싸늘했다.

학살, 말 그대로 학살이었다.

살점이 여기저기 널려 있는 것으로 보아, 도망치는 자들까지 놓치지 않고 모두 죽인 듯했다.

그런데 그 광경을 바라보던 염백이 돌연 실소를 흘렸다.

"내가 없는 동안 오비가 본방을 많이 망가트려 놓았더군. 그런데 나는 잘못된 선택으로 인해 본방을 멸문시켰어. 이제 보니 문제는 나였군."

"굳이 우리 사이에 화린이를 끌어들일 필요는 없었다.

"말했잖은가? 흑우방은 오랜 시간이 필요할 만큼 병들어 갔지. 우리에겐 시간이 필요했다. 등 소저가 그 시간을 벌어 줄 거라고 생각했다."

백리운은 그 말을 들은 체도 안 했다.

"일비는 없더군."

"처음부터 일비는 없었다. 단지, 너를 끌어들이기 위한 수작이었을 뿐."

"일비와 손을 잡은 것은 크나큰 실수였다."

"나는 그동안 오비가 망가트려 놓은 본방을 다시 일으키기 위해 배신자들은 조금도 용서하지 않고 모두 처단했다. 내 손으로 썩은 살을 도려낸 셈이지. 하지만 오비의 영향이 조금이라도 남아 있는 것은 모두 쳐 내다 보니 본방은 말 그대로 뼈만 남았다."

"그래서 일비와 손을 잡은 건가?"

"너만 없어진다면 백우회를 쉽게 쳐 낼 수 있다고 생각했다."

"……."

백리운이 말없이 자신을 쳐다보자 염백이 두 팔을 벌리며 피식 웃었다.

"그 대가로 나는 본방을 잃었군."

"어디서부터 잘못된 걸까?"

"어쩌면 오 년 전에 만난 것부터 잘못된 걸지도 모르지. 그때 기억나나? 염악종이 술 마시고 온갖 깽판을 다 놓더니, 너도 와서 같이 깽판을 쳤지."

"그리고 넌 내가 백리세가의 사람이라는 걸 듣고는 나에게 호기심을 가졌지."

"궁금했거든. 혹시 내가 흑우방의 대공자인 걸 알아차리고 백우회에서 보낸 게 아닐까 말이야."

"그냥 못된 술버릇이었을 뿐이다."

염백이 잠시 머뭇거리다가 말했다.

"다화도 그때 만났지."

"첫 만남에 모든 게 다 이뤄졌군. 어쩌면 우린 처음부터 이렇게 될 운명이었을지도 모르겠어."

"오는 길에 술이라도 사 올까 했지만, 네가 마실 기분이 아닐 것 같아서 빈손으로 왔다."

그러고 둘은 한동안 말이 없었다.

아주 조용했고, 아주 싸늘했다.

그 속에서 둘은 서로의 눈만 쳐다보며 꿈쩍도 안 했다. 눈으로 많은 이야기를 주고받는 듯했다.

이윽고 염백이 허탈한 미소를 그리며 입을 열었다.

"우리 사이에 할 말이 더 남아 있나?"

"제갈세가에서 너를 놓친 게 후회되는군."

"그때도 그런 거 보면, 우린 정말 만나지 말았어야 했나 보다."

"그래. 이 잘못된 인연을 그만 끝내자."

백리운이 양손을 벌리며 천월의 기운을 모두 끌어 올렸다. 그러자 그의 몸 위로 별처럼 반짝이는 빛이 나타나더니 순식간에 달이 떠올랐다.

온갖 달의 모양은 거기에 다 있었다.

초승달에 그믐달, 하현달, 보름달 등 갖가지 달이 떠 있었다. 그것도 수십 개나 되는 달이.

크기는 작지만, 모양은 섬세하다. 그래서 꼭 별들이 모여 있는 은하수가 백리운의 몸 위에 떠 있는 것만 같았다. 거기다가 하늘까지 검게 물들어서, 그 달들이 더욱 빛나는 듯했다.

어떤 달은 샛노랗고, 어떤 달은 오색찬란하다. 그리고 또 어떤 달은 눈이 부시도록 휘황찬란했다.

그것은 염백조차 일순간 넋을 놓고 바라볼 정도로 아름다운 광경이었다.

"……."

멍하니 떠 있던 염백의 눈이 힘 있게 꿈틀거렸다. 그도 내력을 움직인 것이다.

그의 주위로 엄청난 압력이 형성되며 땅바닥에 나뒹구는 살점들을 터트렸다.

그리고 그 순간이었다.

쿵!

그가 밟고 서 있는 땅바닥이 가라앉았다. 그것도 모자라 가라앉은 곳 주위로 균열이 가기 시작했다. 그러더니 쩌어억 벌어지는 금이 순식간에 흑우방 전체를 뒤덮었다.

콰콰콰쾅!

금이 간 땅바닥 속에서 마기(魔氣)가 활화산처럼 솟구쳐 오르며 땅거죽을 모조리 터트렸다.

대기가 검게 그을리며 불에 덴 것처럼 타들어 갔다.

그리고 거미줄처럼 흑우방 전체로 퍼져있는 염백의 기운이 백리운을 옭아매려 했다.

백리운이 밟고 서 있는 땅과, 백리운의 주변에 떠도는 대기가 수면이라도 된 것처럼 급격히 출렁거렸다.

생생한 기의 싸움.

조금이라도 빈틈이 생긴다면 그 즉시 송곳처럼 파고들어 몸을 꿰뚫을 것이다.

서로 입을 꾹 닫고 눈에 실핏줄이 터질 만큼 힘을 끌어 올렸다.

누구 하나 승기를 잡지 못했다.

그때 백리운이 왼손을 내리며 오른손을 앞으로 뻗었다. 그러자 그의 몸 위로 떠 있던 수많은 달들이 그 손을 따라 쏜살같이 튀어 나갔다.

그와 동시에 염백이 마령흑우불상의 힘을 한 손에 모아 앞으로 내밀었다. 흑우방에 퍼져 있던 마기가 그의 손안으로 빨려 들어왔다. 그 힘이 한 점에 모이니 대기가 처참하게 일그러졌다.

그리고 두 힘이 격돌했다.

쩌엉!

단 하나의 기파가 둥그렇게 일어나 흑우방 전체를 집어삼켰다.

* * *

날이 밝아왔다.

땅 위로 스며드는 햇살과 함께 흑우방의 성체로 뻗어 있는 길을 꽉 채운 행렬이 있었다.

그 행렬의 선두에는 백우회의 깃발과 함께 사사천구의 대표들이 말을 타고 힘차게 달리고 있었다.

흑우방의 성채가 조금씩 보이기 시작하자 그들은 더욱 속도를 높였다.

그때, 나시우의 뒤에 타 있던 나설란이 갑자기 높아지는 속도에 눈을 질끔 감았다.

"오라버니."

"왜?"

"소가주에게 무슨 일이라도 생기면 어떡하죠?"

"아직도 소가주라고 부르는 게냐?"

"그게 중요한가요?"

"너무 걱정 마라. 회주가 쉽게 질 사람은 아니다. 설령, 마령흑우불상이라고 하더라도……."

그래도 착잡하게 가라앉은 나설란의 눈빛은 조금도 살아나지 않았다.

"죽진 않았겠죠?"

"나도 장담할 수 없다."

"만약에라도 그런 일이 생기면……."

"그때는 백우회 전체가 위험에 빠지겠지."

그 말을 엿들은 다른 대표들의 얼굴이 급격히 어두워졌다. 그들도 같은 생각을 하고 있었기 때문이다. 하지만 말과 함께 튼튼한 육신으로 달려가던 담가은은 나설란의 옆에 바짝 붙으며 말했다.

"걱정 마. 그럴 일은 없을 거야."

"응."

조금은 안심이 되었다.

완벽하게 박살 난 성문.

온 땅바닥에 깔려 있는 피와 살점들.

그리고 발을 디딜 틈도 없이 무너져 있는 땅의 기반.

그 때문에 대표들은 흑우방으로 들어서자마자 말에서 내려와야 했다.

"아, 안 돼……."

나설란이 입을 틀어막고 흐느꼈다.

그녀뿐만 아니라 대표들과 함께 들어온 백우회의 무인들도 같은 심정이었다.

지금 눈앞에 펼쳐진 광경은 도저히 인간이 벌인 사투 때문에 일어난 것이라고는 믿기지 않았다.

보는 이조차 공포에 질릴 정도로 잔혹한 모습이었다.

대표들이 인기척을 찾아 안쪽으로 들어갔다. 그들을 따라 나설란과 담가은도 쪼르르 쫓아가자 백우회의 무인들도 안으로 밀려들었다.

그 거대한 인파가 갑자기 뚝 멈춰 섰다. 흑우방 안쪽으로 들어가니 우뚝 서 있는 사람이 보였기 때문이다.

하지만 그 서 있는 사람이 백리운이 아닌 것은 분명했다. 뒷모습만 봐도 알 수 있을 정도로 달랐다.

"누구시오?"

고무진이 먼저 다가가며 물었다. 분명히 숨소리가 들려오는 것으로 보아, 살아 있는 듯했으나 그자는 꿈적도 하지 않았다.

그에 대표들이 일정 거리를 두고 서서히 거리를 좁혀 갔다.

슬금슬금 돌아서 그 사내의 앞으로 갔다.

그런데 그 사내의 얼굴을 본 순간 대표들이 그 자리에서 얼어버린 것처럼 멈춰 섰다.

그 사내가 염백이라서 놀란 게 아니다. 염백의 얼굴을 뒤덮은 검은 금 때문에 놀란 것이다.

그 금은 온몸에 퍼져 있는 듯 목과 손에도 나 있었다.

어찌 사람이 저런 괴기한 모습을 하고 있단 말인가?

그때, 염백의 눈동자가 대표들을 향했다.

"그대들은 누구인가?"

금이 간 얼굴로도 잘만 말했다.

대표들 중에서 나시우가 나섰다.

"우리는 백우회에서 왔소."

"그런가? 나는 흑우방의 방주, 염백이라고 한다."

"그럴 것 같았소. 그런데 본회의 회주는 어디 있소이까?"

"저기 보이지 않나?"

그 말에 대표들이 고개를 두리번거렸지만, 백리운의 모습은 어디에도 보이지 않았다.

"어디 말이오?"

"저 땅바닥에 널려 있는 살점들이 어제 밤까지만 해도 백리운이라고 불렸지."

그 말에 나설란이 땅바닥에 털썩 주저앉더니 온몸을 부르르 떨면서 소리 없이 오열을 했다.

하지만 대표들은 침착하게 땅바닥에 널려 있는 살점들을 살폈다. 그런데 살점들은 흑우방 전체에 넓게 퍼져 있어서 어느 게 백리운의 것인 줄 알지 못했다.

그때, 담무백이 조용히 한 곳을 가리켰다.

무너진 건물 잔해 속에 기둥이 툭 튀어나와 있었는데 그 기둥의 끝에 검은 장포가 걸려 깃발처럼 바람에 펄럭이고 있었다. 그리고 그 아래에 있는 잔해 더미 위로 살점들이 축 흘러내리고 있었다.

대표들뿐만 아니라 나설란과 담가은도 그 장포를 본 순간, 평소에 백리운이 입고 다니던 것임을 알아차렸다.

"……."

뒤늦게 그 장포를 발견한 백우회의 무인들까지 그 자리에서 얼어 버렸다. 그동안 무쌍의 행보를 보이던 백리운이 저렇게 남아 있으니 큰 충격으로 다가온 것이다.

하지만 고무진은 믿을 수 없다는 듯이 재차 물었다.

"저게 회주란 말이오?"

"그렇다."

그 말에 분위기가 쿵 가라앉았다.

사사천구의 대표들도, 백우회의 무인들도 똑같이 고개를 숙였다.

하나 나설란은 자리에서 벌떡 일어서더니 염백에게 달려들려고 했다. 그때 나시우가 그녀를 붙잡으며 말렸다.

"놔. 놓으라고! 놓으란 말이야!"

다들 눈을 감고 고개를 돌렸다. 담가은도 조용히 눈을 감고 눈물을 흘렸다.

모두가 비참해졌다.

백리운의 죽음을 슬퍼하는 사람만 모여 있을 뿐, 흑우방의 멸문을 기뻐하는 사람은 없었다.

그때 머리카락 한 올 꿈쩍도 않던 염백이 천천히 고개를 들어 해를 마주보았다.

"오늘따라 햇살이 눈부시군."

그때였다.

두드드드!

염백의 몸이 미친 듯이 흔들리기 시작하더니 그의 몸에 나 있는 금이 쩍 쩍 갈라지기 시작했다. 그리고 그가 쿨럭 기침을 내뱉더니 입에서 검게 죽은피가 꾸역꾸역 쏟아져 나왔다. 하지만 그는 검은 피를 입에 물고선 혼자 조용히 읊조렸다.

"눈이 부시군."

그가 눈을 감았다. 그러자 금을 따라 벌어진 몸이 조각조각 하나씩 떨어졌는데 이내 그 속도가 점점 빨라졌다. 그리고 어느 순간 그의 몸이 한꺼번에 무너져 내렸다.

보기만 해도 역겨운 광경이었으나 백우회의 무인들은 한 사람도 놓치지 않고 그 광경을 끝까지 바라봤다. 그리고 그곳에서 백리운의 장포를 보며 조용히 묵념을 가졌다. 누가 명령을 내리지도 않았지만 자연스럽게 벌어진 일이다.

한참을 눈을 감고 있던 나설란이 힘겹게 눈을 떴다. 어느새 그녀의 눈은 붉게 젖어서 눈물이 메말라 가고 있었다.

그녀가 갑자기 고개를 들어 하늘을 쳐다봤다.

염백의 말이 맞았다.

오늘따라 유난히 햇살이 밝았다.

제10장
일 년이 지났다

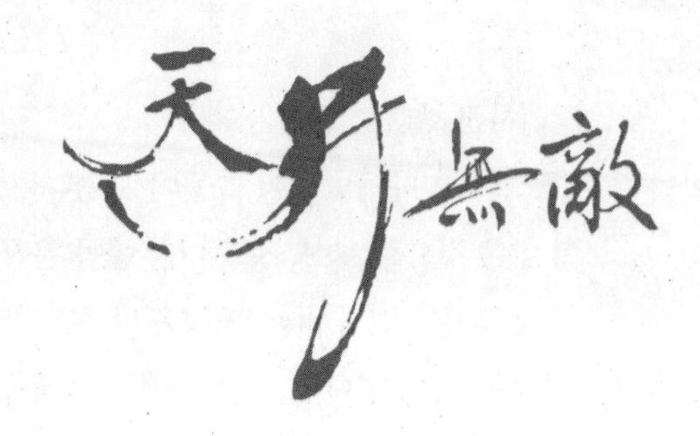

순연의 땅에 있는 작은 누각.

그 옆에 연못도 있고 정원도 있어, 제법 운치도 있다.

일 년 전까지만 해도 그곳에는 항상 담대천이 있었다. 하지만 이제는 사사천구의 대표들이 정기적으로 모임을 갖는 장소로 바뀌었다. 일정 기간이 지나고 해가 지는 날이면 그곳으로 대표들이 모여들었다.

고무진, 담무백, 나시우, 그리고 동쪽 땅에선 백리후가 왔다. 그들이 누각 안에 둥그렇게 앉아 지난 며칠 동안의 주요 사안을 정리하곤 했다.

오늘도 다를 바 없이 그들이 모였다. 그런데 평소보다 표정이 굳은 것으로 보아, 지난 며칠 동안 큰 일이 생긴 듯했다.

늘 그렇듯 먼저 입을 연 것은 담무백이었다.

"오늘 사안은 다들 짐작을 했듯이 백우회 내에서 갑자기 일어난 실종 사건 때문이오."

"말이 실종이지, 사실은 무차별 살인이나 다름없다. 지금까지 실종된 사람 모두 피가 뽑힌 채 시신으로 발견되지 않았나?"

나시우가 팔짱을 끼며 툭 내뱉자 고무진이 슬며시 고개를 끄덕였다.

"맞소. 지난 며칠 동안 그렇게 실종된 사람들이 벌써 팔십 명을 넘어가오. 더 이상 방관만 하고 있을 순 없소이다."

"문제는 누가 그런 짓을 벌이느냔 말이오."

고무진이 고개를 저었다.

"아직까지 어떠한 흔적도 발견되지 않았소. 흉수의 정체는커녕 그 목적조차 알지 못하오."

"사람이 이리 죽어 나가는데, 그냥 손 놓고 구경만 해야 한다니."

그때, 조용히 있던 백리후가 입을 열었다.

"사사천구 곳곳에서 불만의 소리가 커지고 있습니다. 대부분의 사람들이 회주 자리가 일 년 동안이나 공석이 되어서 이 지경까지 왔다고 말하더군요. 백리운 회주가 있었다면 지금까지

끌고 오지도 않았을 거라고."

"하긴 미친 듯이 몰아치긴 했지."

나시우가 고개를 끄덕이면서 맞장구치자, 담무백이 어쩔 수 없다는 듯 입을 열었다.

"지금은 이 문제 먼저 해결해야 할 때요. 오늘만 해도 열 명이 넘는 인원이 사라졌고, 여덟 구의 시체가 나타났소."

"도대체 어디에 쓰려고 피만 빼 간단 말이오?"

"그건 몰라도 상대가 엄청난 고수인 건 확실하오. 백우회에서 이토록 남의 눈에 안 띄고도, 고수들도 가리지 않고 척척 납치해 가는 것을 보면……."

그때 고무진이 퍼뜩 고개를 치켜들며 말했다.

"이렇게 눈에 띄지 않고 움직인다고 하니 한 사람이 떠오르는구려. 다들 잊은 건 아니지요? 일비 말이오."

"그때도 결국 못 찾지 않았소?"

"회주께서 본땅의 구현단에게 명령을 내렸지만, 구현단조차 그 흔적을 잡지 못했소."

"나도 그자가 떠오르는구려."

"문제는 그자가 뭣 하러 사람을 납치해서 피를 빼간단 말이오?"

그 질문에 대답을 할 수 있는 사람은 아무도 없었다.

결국 담무백이 입을 열었다.

"만약 일비라면 어떻게 잡을 생각이오? 우리 대표가 나서지 않는 이상 일비를 이길 수 있는 자는 존재하지 않소. 그렇다고 우리 대표들이 이 넓은 사사천구를 모두 돌아다닐 수는 없는 노릇이고."

"설사 돌아다닌다고 하더라도 땅덩어리가 워낙 넓어서 부딪칠 가능성은 낮소."

고무진이 깊은 시름을 앓으며 한숨을 내뱉었다.

"하아… 돌아다니지 않아도 집에 침입해서 납치해 가니, 어쩔 방도가 없구려."

다들 얼굴이 어둡게 가라앉았다.

이리 모임을 가진 지 일 년째.

해결 방법이 나오지 않는 것은 오늘이 처음이었다.

* * *

새벽녘, 대해문의 원광이 밖으로 나와 거리를 돌아다녔다. 며칠 전부터 갑작스레 일어난 실종 사건 때문에 종종 이리 나와 거리를 둘러보곤 한다. 대해문 내에서도 손가락에 꼽히는 고수였기에 그가 혼자 나간다고 하더라도 막는 사람은 없었다.

거리를 둘러보던 원광이 안쓰럽게 혀를 찼다.

"쯧쯧……."

평소라면 이 거리에 새벽부터 나와 장사를 시작할 사람들이 코빼기도 보이지 않았다. 이게 다 그 실종 사건 때문이다.

"하루빨리 흉수를 잡아야 할 텐데."

한참을 가도 거리는 한산했다. 아직 새벽의 푸르스름함이 남아 있었지만, 그래도 이맘때면 장사꾼들이 활기차게 장사를 할 때였는데…….

대충 거리를 둘러보던 원광이 대해문으로 돌아가려고 몸을 돌렸다.

"음?"

몇 걸음 떨어지지 않은 곳에서 하얀 장포를 차려입은 젊은 사내가 보였다. 묘한 분위기를 풍기는 미남자였다.

하지만 일비를 본 적이 없는 원광은 그 사내의 정체를 알아채지 못했다.

"누구시오?"

그 사내가 너무 자신을 빤히 바라보니 원광이 괜히 머쓱해했다.

"나와 같이 가 줘야겠소."

"무슨 일이라도 생겼소?"

서쪽 땅에서 자신을 모르는 사람은 없었다. 그래서 그 말이 자신에게 도움을 청하는 것처럼 들렸다.

"피가 필요한데, 단지 네가 눈에 띄었을 뿐이다."

일비가 덤덤히 내뱉은 그 말에 원광이 눈을 부릅떴다.

"네, 네놈이……."

그 말을 채 내뱉기도 전에 일비가 성큼 다가와 손을 뻗었다.

콱!

그 손이 순식간에 입을 틀어막고 하관 전체를 조이며 원광의 몸을 들어 올렸다. 너무나도 가볍게 끌려 올라간 원광이 발버둥을 치며 두 손으로 일비의 손목을 잡고 떼어 내려 했다. 하지만 일비의 손은 꿈쩍도 안 했다.

"끄으, 윽!"

원광의 눈이 반쯤 뒤집어지고 일비의 손을 잡아끌던 손이 축 처졌다.

그제야 일비가 원광을 내려놓고 다시 어깨에 둘러멨다. 그 후 당당히 거리를 걸었다. 거리가 한산했기 때문에 특별히 모습을 감출 필요가 없었다.

그런데 일비의 어깨에서 축 늘어져 있던 원광의 손가락이 꼼지락거렸다. 그러더니 어느새 검지 끝에 머리카락처럼 얇은 상흔이 생기고, 핏방울이 뚝뚝 떨어지기 시작했다. 그리고 그는 그대로 핏방울을 흘리며 끝까지 기절한 척을 했다.

* * *

처소에서 조용히 검을 닦던 담무백은 아침이 밝아 와도 자신을 부르는 소리가 없자 알아서 밖으로 나왔다. 평소라면 해가 뜰 때쯤 원광이 자신을 데리러 왔다. 그럼 원광을 데리고 대해문의 집무를 시작했다. 그런데 해가 뜨고도 원광이 오지 않았다. 지난 이십 년이 넘도록 이런 적은 없었다. 그래서 처소 밖에 나와 서성이고 있을 무렵, 한 무사가 허겁지겁 달려왔다.

"무슨 일이냐?"

"원광 장로께서 돌아오시지 않았습니다."

평소라면 무슨 일을 보겠거니 하겠지만, 지금은 그런 때가 아니었다.

"뭣이?"

"그, 그리고 원광 장로를 찾으러 나간 제자들이 저잣거리에서 핏자국을 발견했습니다."

"핏자국?"

"예. 아주 조그맣게 나 있어서 하마터면 놓칠 뻔했습니다."

애꿎은 저잣거리에 핏자국이 나 있을 리 없다. 특히나 지금처럼 이런 때라면 더더욱 말이다.

"즉시 제자들을 집합시키고, 다른 땅의 대표들에게도 사람을 보내라. 지금 당장 움직일 수 있는 인원만 오라고 말이다. 그리고 반드시 대표들도 오라고 전해라."

"예."

무사가 절도 있게 고개를 숙이고는 왔던 길을 되돌아갔다. 그런데 그 무사와 같은 방향으로 발을 내디뎠던 담무백이 돌연 몸을 틀었다.

"흉수가 일비일지도 모른다."

그때, 그가 몸을 틀어 보고 있는 것은 순연의 땅 한가운데에 솟아 있는 탑이었다.

일 년 전부터 아무도 들어가 보지 못한 탑.

저 탑을 통과할 수 있는 영패는 탑에서 죽은 담대천 때문에 여전히 탑에 있었다.

그렇다고 다른 대표들은 백리운처럼 제 힘으로 뚫고, 탑에 오를 수도 없었다.

사람을 모으라는 명령을 내려놓고 담무백이 향한 곳은 저 탑이었다.

* * *

"우리들을 모아 놓고 어딜 갔다 오는 것이오?"

대해문으로 돌아온 담무백을 향해 고무진이 묻자 나시우도 불만 가득한 목소리로 입을 열었다.

"흉수의 행적을 찾았다고 해서 급히 와 봤더니만 정작 담 대표가 빠지면 어떡하나?"

"미안하오. 사과는 나중에 일이 끝나고서 하겠소."

지금 대해문에는 대해문의 모든 제자들과 사사천구의 대표들이 와 있었다. 다른 대표들도 자기 사람들을 데려오고 싶었지만, 시간이 걸릴 게 뻔했기에 그냥 자신들만 달려온 것이다.

"자, 갑시다. 더 이상 지체할 시간이 없소."

담무백이 그들을 이끌고 성큼성큼 나아갔다.

북쪽 땅이 훤히 보이는 서쪽 땅의 외곽.

모든 땅의 외곽이 그렇듯 그곳의 인적은 드물었다. 그래서 지금처럼 대해문의 무인들이 모두 움직여도 쉽게 그곳으로 숨어들 수 있었다.

"흐음."

핏자국을 따라 앞서가던 담무백이 점점 흐릿해지는 걸 보고 멈춰 섰다. 저 앞에 보이는 핏자국이 마지막이었다. 하지만 주변에 보이는 건물들 중에서 수상해 보이는 것은 없었다.

담무백이 주위를 둘러보며 소리쳤다.

"이 근방을 샅샅이 뒤져라!"

그 명령에 대해문의 무인들이 부챗살처럼 퍼져 나가 그곳에 있는 집이란 모든 집을 들쑤시고 다녔다.

"사람이 없는 건물은 부숴도 좋다."

뒤이어 그 말까지 이어지자 대해문의 무인들은 거침없이 건물들을 부수고 다녔다. 그리고 그들과 함께 사사천구의 대표들도 그 부근을 휩쓸고 다녔다.

콰콰콰쾅!

건물 여러 개가 순식간에 폭삭 가라앉으며 불에 탄 것처럼 그을렸다. 고무진이 흑원검을 휘둘러 건물들을 무너트린 것이다.

그뿐만이 아니라 다른 대표들도 거리낄 것 없이 건물들을 무너트리고 다녔다.

하지만 사람은커녕 어떤 수상한 흔적조차 나오지 않았다.

"분명, 어딘가에 있다."

담무백은 원광을 믿었다. 그가 이리 허투루 무언가를 남길 사람은 아니다.

꽤 시간이 흘렀다.

그 부근에 있는 건물들을 모조리 부쉈는데도 불구하고 일비는커녕 사람의 흔적도 보이지 않았다. 혹시나 몰라, 그곳과 마주하고 있는 북쪽 땅의 건물들도 일부 무너뜨렸다.

하지만 결과는 똑같았다. 나오는 것은 없었다.

"제길."

나시우가 욕지거리를 내뱉으며 인상을 구겼다. 다른 대표들도 욕만 안 내뱉었다 뿐이지 인상이 어두운 것은 똑같았다.

"아무래도 중간에 눈치채고 일비가 처리한 거 아니겠소?"

"지금으로선 그럴 확률이 높아 보이오."

다른 대표들이 한마디씩 해도 담무백은 쉽게 수긍하지 않았다.

"핏자국을 보시오. 혹시나 들킬까 봐 최대한 작게 흘렸소. 그리고 바짝 붙어 흘린 게 아니라 꽤 거리를 벌려서 방향만 잡게 해 주었소. 이리 조심스럽게 흘렸는데 눈치를 챘단 말이오?"

"일비잖소. 우리와는 다른 몸을 가진 일비."

"아니오. 내가 믿는 것은 원광이오. 그라면 반드시 끝까지 핏자국을 남겼을 것이오."

담무백이 초조하게 고개를 돌리며 외쳤다.

"저 잔해 더미들도 싹 걷어 내라!"

* * *

어느새 해가 지고 달이 떴다.

건물들을 부수면서 생긴 잔해 더미들도 땅 위에서 싹 걷어냈다. 하지만 여전히 눈에 보이는 것은 없었다. 자잘한 돌조각 하나까지 모조리 치웠건만, 보이는 것은 깨끗하고 탄탄하게 다져진 땅뿐이었다.

아무것도 보이지 않는다.

담무백은 그 자리에서 가만히 서서 눈을 꾹 감았다.

평생 자신을 보필해 온 원광이 사라졌다는 사실이 그제야 직접적으로 다가왔다. 그러자 담무백이 눈을 번쩍 뜨고선 그 황량한 땅 한가운데로 달려갔다. 그러고는 주변을 쭉 둘러보며 갑자기 소리를 치기 시작했다.

"도와주시오!"

그의 돌발행동에 대해문의 제자들이 의문을 갖기 시작했다. 그런데 사사천구의 대표들은 덤덤히 그 광경을 보기만 했다.

"원광은 평생 동안 나를 보필해 왔소. 나에게는 절대로 없어서는 안 될 사람이오."

고요했다. 그의 목소리만이 사방팔방 울렸다. 하지만 그는 멈추지 않았다.

"당신도 그런 사람을 잃어본 적이 있지 않소? 제발 도와주시오. 지금 나를 외면한다면, 나는 절대로 당신을 용서할 수 없을 것 같소."

애절하듯이 말하는 그의 목소리가 크게 번졌다. 그리고 그 순간, 그의 앞으로 느닷없이 사람 그림자 하나가 솟아났다.

긴 머리카락을 정갈하게 늘어트려 놓으며 여름에나 입을 법한 하얀 삼베옷을 입고 있는 젊은 사내였다.

한데 그가 나타나자 대해문 무인들이 모여 있는 곳에서 술렁이는 소리가 나왔다.

"저, 저자는……."

"배, 백리운!"

"회주다. 회주가 나타났다!"

그렇다. 담무백의 앞에서 갑자기 모습을 드러낸 사내는 일 년 전에 죽었다고 알려진 백리운이었다. 그런데 다른 이들과 다르게 사사천구의 대표들은 크게 놀라지 않고 정중히 포권을 취했다.

"회주님을 뵙습니다."

덤덤한 그들의 태도를 보고 백리운이 피식 웃었다.

"그대들은 이미 알고 있었나 보군."

"그렇게 살점이 조각난 것은 회주의 무공에 당했을 때나 그리 보이는 거지요. 아마 다른 대표들도 똑같은 생각을 하고 있었을 겁니다. 그래서 지금까지 회주 자리를 비워 놓고 채울 생각을 안 했던 거지요."

고무진이 말하자 다들 동의하는 뜻에서 고개를 끄덕였다. 그러자 백리운의 고개가 담무백에게로 향했다.

"내가 탑에 있다는 것은 어떻게 알았지?"

"백우회에서 숨어 있을 곳은 저 탑뿐이 없소. 회주가 사라진 뒤로 아무도 오르지 못하는 곳이니."

"그랬군."

"어서 원광을 찾아내 주시오. 회주도 일비가 움직일 때까지 죽었다고 꾸민 것 아니었소?"

그의 말이 옳았다. 죽기 직전 백리운은 염백에게 한 가지 부탁을 했다.

자신의 죽음을 도와달라고.

그래서 염백은 흑우방에서 최후의 순간에 그리 말했던 것이다. 자신이 죽였다고, 그리고 그 흔적은 저기에 있다고.

백리운은 묵야귀포를 그곳에 걸어 두었고, 세상을 속였다. 오직 단 한 사람을 잡아내기 위해서였다. 일비. 그처럼 신중한 자라면, 자신이 살아 있다는 걸 아는 한은 절대로 표면에 등장하지 않을 거라 생각했다.

그의 생각 또한 옳았다. 백리운이 죽었다고 소문 난 지도 일 년이 지나고 나서야 일비가 움직였다. 무려 일 년이나 백우회를 지켜만 본 것이다.

"일비는 저 탑에서도 지하에 숨어 있었지."

백리운이 주위를 둘러보지도 않고 고개를 내렸다. 그러고선 발끝으로 탕을 툭툭 건드렸다.

"땅 밑에 숨는 습관이 어디 갈까?"

백리운이 발을 들어 땅바닥을 내리찍었다.

콰앙!

땅바닥이 뻥 뚫리며 그 한가운데에 있던 사사천구의 대표들이 아래로 떨어졌다. 정상적인 땅바닥이라면 이리 비어 있는 공간이 있을 리 없을 터.

역시나 착지하고 보니, 그 안은 마치 동굴처럼 인위적으로 파 놓은 공간이었다.

"여기에 이런 공간이 있을 줄이야."

고개를 두리번거리던 대표들이 인상을 찌푸렸다. 그 공간 구석에 시체들이 한가득 쌓여 있는 게 보였기 때문이다. 그리고 그 옆으로 비린내가 진동하는 새빨간 핏물이 보였다.

깊게 파놓은 구덩이에 벌써 삼분지 일이나 차 있었다.

그 앞에는 그 핏물에 손을 담그고 휘젓고 있는 노년의 남성이 있었다. 그자는 반대 손으로 피를 뽑아 정순한 것들로만 걸러내어 그 안에 집어넣고 있던 중이었다.

"네놈은 누구냐?"

담무백이 앞으로 나서며 묻다가, 땅바닥에 누워 있는 원광을 보고 몸을 날렸다.

"원광!"

담무백이 원광의 머리를 들어 품에 안았다.

"소, 소문주님……."

"그래, 나다, 나야. 괜찮아. 이제 살았어."

담무백이 원광을 품에 꼭 안았다. 그러는 사이 백리운은 그 고여 있는 핏물 앞에 서서 조용히 내려다봤다.

'탑의 지하에 있는 핏빛 연못을 만드는 건가?'

이것 또한 탑에 기록되어 있었고, 처음 들어서자마자 읽었던 기억이 있다. 사실, 이 연못의 시초는 묵천마교의 마지막 교주인 백리역이 천월로 인해 상해 버린 자신의 몸을 치유하기 위해서 만든 것이었다.

백리운의 시선이 고개를 돌려 그 노인을 바라봤다.

아마도 저 노인이 탑에 기록되어 있던 비들의 관리자일 것이다. 실질적인 관리보다 지금처럼 사람의 피를 받아다가, 탑의 지하에 있던 것처럼 신비한 연못으로 바꿔 놓는 일을 하는 사람 말이다.

가만히 그 연못을 내려다보던 백리운이 문득 고개를 들어 정면에 박혀 있는 어둠을 응시했다.

"오랜만이군, 일비."

말이 끝나기 무섭게 대표들의 고개가 그곳으로 휙 돌아갔다.

그와 동시에 어둠 속에서 일비가 걸어 나왔다.

"오랜만이오. 이제는 회주라고 불러야겠소?"

"역겹군. 백우회를 지킨다는 놈이 백우회의 사람을 데려가다 이런 짓을 벌이나?"

"늘 부수적인 피해는 일어나는 법이오."

"네놈의 스승과 똑같은 말을 하는군."

"그래서 내가 담대천의 제자 아니겠소? 그 말을 들으며 자라니 자연스럽게 그 말을 하게 되더이다. 그나저나, 나보다 회주가 더 대단하오. 내가 움직일 때까지 기다리기 위해서 일 년을 숨어 있었던 거요?"

"그래, 네놈을 잡기 위해서 일 년간 숨어 있었지. 그러는 네놈도 내 죽음을 확인하기 위해 일 년이나 숨어 있지 않았나?"

"겸사겸사였소. 회주의 죽음도 확인할 겸, 저 노인도 기다렸소."

"저 노인이 그 연못을 만들어 주는 사람이겠지."

"역시 탑에 오른 사람답게 모든 걸 알고 있구려."

"하지만 그것도 여기서 끝이다. 더 이상 비들은 존재하지 않을 것이야."

그때 일비가 문득 다른 말을 끄집어냈다.

"등 소저를 죽인 것은 어쩔 수 없는 일이었소."

"차라리 염백에게 데려다 주지 그랬느냐?"

"나로서는 어쩔 수 없었소. 둘이 양패구상을 해야 나에게 두 번째 기회가 오는 것 아니겠소? 한쪽이 그런 약점을 쥐고 흔들면 한쪽만 무너지기 마련. 그럼 내가 백우회를 다시 되찾는 의미가 없소."

"결국엔 백우회가 아니라 너의 개인적인 욕심 때문이었군."

"나의 개인적인 욕심이 백우회를 위한 것이오. 나는 그대와 다르게 백우회를 제멋대로 휘두르려고 한 적이 없소."

백리운이 피식 웃었다.

"일 년이 지나도 너희 비와는 말이 통하지 않는군."

"살려 달라고 빌 생각은 없소. 그걸 기대하는 거라면, 포기하시오."

그때 백리운이 성큼 다가가 손을 뻗었다.

푸욱.

일비의 가슴을 뚫고 몸속으로 들어간 백리운의 손이 일비의 심장을 콱 움켜쥐었다.

"끅!"

일비가 이를 악물고선 온몸을 떨었다. 살아 있는 그대로 심장을 뜯긴다는 것은 정말 상상을 초월하는 고통이었다. 신경 하나하나가 마비되고 온몸의 힘이 쭉 빠져나간다.

백리운은 괴로워하는 일비의 얼굴을 보면서 그의 심장을 빼냈다.

그것도 아주 서서히.

심장에 연결되어 있는 것들이 길게 늘어지며 일비를 더욱 고통스럽게 만들었다. 피가 뚜두둑 떨어지며 심장이 완전히 밖으로 나오자 일비의 몸이 그대로 무너져 내렸다.

쿵!

백리운은 쓰러진 일비를 보며 손에 들려 있는 심장을 움켜쥐었다.

피가 터져 나오고 심장이 걸레처럼 너덜거렸다.

"……."

백리운은 말없이 그 찌그러진 심장을 일비의 옆에 툭 던져 놓고선 뒤돌아 대표들에게로 다가갔다.

"이자는 어떻게 하시겠습니까?"

고무진이 연못 옆에 쭈그리고 앉아 있는 노인을 가리켰다. 그러자 그 노인이 어디서 났는지 손바닥만 한 단검을 들고선 자신의 목을 스스로 그었다.

첨벙!

그의 몸이 핏빛 연못 속에 빠졌다. 그리고 깊게 가라앉으며 그 연못이 더 붉게 변했다. 저렇게 아무 피나 섞이며 이물질까지 들어갔으니 저 연못은 실패작이리라.

"가지."

백리운이 먼저 몸을 띄워 그 지하에서 밖으로 나왔다. 그러자 주변에 몰려 있던 대해문의 무인들이 일제히 한쪽 무릎을 꿇고선 고개를 숙였다.

그들은 아무 말도 하지 않았지만 그 일치되고 절도 있는 동작만으로도 충분했다. 그리고 그때 올라온 다른 대표들도 똑같이 고개를 숙였다.

백리운은 알겠다는 뜻으로 고개를 끄덕였다. 그러고는 그 자리에서 감쪽같이 사라졌다. 잔상도 남기지 않고 말이다.

"회주!"

"어딜 간 거지?"

나시우와 담무백이 고개를 두리번거리며 말하자 고무진이 한숨과 함께 대답했다.

"그대들과 연관이 있는 사람들을 만나러 갔겠지요."

* * *

달이 뉘엿뉘엿 넘어가고 있을 무렵, 백리운이 우당각의 입구로 들어섰다.

그곳을 지키고 있던 곽가량은 백리운을 보고 멈칫하더니, 이내 말없이 고개만 숙였다.

"오셨습니까?"

"순연의 땅에 있지 않고 이곳에 있는 건가?"

"소가주가, 아니 회주께서 없는데 뭐 하러 그곳에 있겠습니까?"

"그런가?"

"그리고 두 소저분이 계속 여기에 있겠다고 해서, 자리를 비울 수도 없었습니다."

군이 말하지 않아도 그 두 소저가 누구인지 알 수 있었다.

백리운은 그의 어깨를 가볍게 다독이며 그를 지나쳤다. 그러곤 문을 열고 안으로 들어갔다.

또각또각- 뚝.

그의 걸음이 멈춰 선 곳 앞에 염악종이 팔짱을 끼고선 입만 삐죽 내밀고 있었다.

"볼일은 다 보고 왔냐?"

"그래."

"이제는 죽지 마라. 주인이 죽고 나니 꽤나 심심했다."

백리운이 피식 웃고 염악종은 말없이 방 하나를 가리켰다. 우당각에 있는 수많은 방들 중에서 딱 하나 말이다.

백리운은 그 방으로 다가가 문을 열고 안으로 들어갔다.

한 침상에 담가은과 나설란이 서로 마주 보고 누워 있었다. 그녀들은 손을 꼭 부여잡고 잠을 자고 있었다.

백리운은 조용히 다가가 침상에 등을 기대고 땅바닥에 앉더니 눈을 감고 잠을 청했다. 그렇게 불편한 자세로 말이다.

하지만 그는 오랜만에 좋은 꿈을 꾸는 듯 입꼬리가 서서히 올라갔다.

마침.

Ym
BOOKS

Ym
BOOKS